Bernd Reutler

Wiedervereinigung

Roman

Impressum

Bibliografische Information der Deutschen
Nationalbibliothek:
Die Deutsche Nationalbibliothek verzeichnet diese
Publikation in der Deutschen Nationalbibliografie; detaillierte
bibliografische Daten sind im Internet über http://dnb.dnb.de
abrufbar.

Herstellung und Verlag: BoD – Books on Demand,
Norderstedt

ISBN: 9783754374733

Auf dem Umschlag:

Deutsche Botschaft, Prag, 30. September 1989

1. Kapitel

Anna war, als sie Andreas begegnete, eine zwanzigjährige Jungfrau ; damals, vor den Jahren der "sexuellen Revolution", noch keineswegs Anzeichen einer mauerblümchenhaften Verklemmung. Auch ihre Existenz als Pfarrerstochter sollte nicht zu einem schnellen Vorurteil bezüglich ihrer Essenz, ihrer "Wesenheit" verleiten. Sie war in der Tat ein ganz entzückendes Wesen. Ihr schwarzes Haar trug sie zwar etwas streng in der Mitte gescheitelt, aber doch so, daß rechts und links zwei üppige Wellen wogten, deren Ausläufer auf den weißen Schläfen und der hellen Stirn strandeten, was der strengen Pfarrhausästhetik einen Schuß sinnenfroher Freiluftmalerei beimischte. Unter dem schattigen Dach leuchteten ihre blauen Augen wie zwei einladende Fenster, zu denen man gleich hinauf- und hineinzuklettern wünschte. Andreas sah bei ihrer ersten Begegnung allein diese Augen, dachte nur ans Hinaufklettern hinter diese geistige Stirn. Sinnlicheren Wünschen standen zudem Stimme und Sprache Annas entgegen, deren beruhigende Mittellage und wohl durchartikulierte Pfarrhausdiktion Hormonschüben keinerlei Vorschub leisteten, sondern eher eine gewisse Distanz diktierten.

Anna und Andreas saßen in einem Sommer jenes Jahrzehnts, dessen Ende einmal den Namen für eine ganze Generation abgeben sollte, im gleichen Seminar - "Tristan und Isot" des Gottfried von Straßburg. Daran kommt kein Germanistikstudent vorbei: "ein man, ein wip/ ein wip, ein man! Tristan, Isot, Isot, Tristan. " Ach ja, die Minnegrotte! Das waren gute Voraussetzungen, da sich im Wald, der die Universität umgibt, weswegen sie eigentlich weniger eine Campus-Universität und vielmehr eine Silva-Universität ist, auch eine Grotte, eine frühkeltische Kultstätte, befindet, warum nicht irgendwann der Ort für die weniger reinen Gedanken und Gelüste auch einer Pfarrerstochter? Schon bei ihrer zweiten Begegnung nahm Andreas weniger die einladenden Fenster wahr, sondern begann, sich stattdessen für den gesamten Baukörper zu interessieren: Brüste mit ansehnlichem Volumen, ein ausladendes Becken, gestützt auf formal und statisch tadellose Säulen, die sich in Minoischer Manier zierlich nach unten verjüngten. Das Dreiecksverhältnis Marke - Isot - Tristan hatte Andreas bis ins Mark mächtig stimuliert. Wenn Isot mit zwei Männern - warum sollte er dann nicht mit zwei Frauen...?

Anna war im Pfarrhaus wohnen geblieben, obwohl die tägliche Fahrt von dem noch dörflichen Vorort zu der Universität ziemlich zeitraubend war, aber eine andere Lösung gab der väterliche Klingelbeutel nicht her. "Sie werden verstehen, Andreas, daß ich Sie nicht mit nach Hause nehmen kann, das könnte zu Mißverständnissen führen, zumal Sie Familienvater sind." Ja, sie siezten sich, das ganze Semester lang; das war durchaus so üblich, bevor dieses proletarisch-solidarische Duzen der Gesinnungsgenossen als Zeichen der "alltäglichen unio mystica aller irgendwie Gutwilligen" um sich griff, dem selbst angegraute Professoren sich nicht mehr zu verweigern wagten. "Ich würde aber gerne Ihre Familie kennenlernen. Kann ich nicht einfach einmal den Gottesdienst besuchen, wenn Ihr Vater predigt? Sie müssen wissen, seine Kirche ist auch meine Kirche, in der ich getauft und konfirmiert wurde. Ich setze mich ganz artig und unauffällig auf die hinterste Bank." "Ganz und gar ausgeschlossen. Wie sollte ich reagieren? Sie ignorieren? Ich müßte Sie doch vorstellen. Geheimnistuerei in der Kirche, das geht nun wirklich nicht." "Aber haben wir denn ein Geheimnis? Wir sind Studienfreunde, was ist daran so anrüchig?" "Sind wir wirklich nur ganz harmlose Studienfreunde? Warum sollten Sie dann meine Eltern interessieren?" "Es ist das Thema unseres Seminars: Die zur Religion erhobene Liebe, die unio mystica von Mann und Frau. Das hat die Kirche damals empört. Ich wüßte gern, wie ein Gottesmann heute darüber denkt. Das wäre wichtig für mein Referat." "Dann wollen Sie also doch meinen Vater persönlich kennenlernen und nicht nur als Hinterbänkler unsichtbar bleiben? Nein, Andreas, es geht nicht, es geht wirklich nicht." "Bin ich Ihnen nicht repräsentabel genug?" "Ich finde Sie sehr interessant, das wissen Sie. Schon viel zu interessant. Mein Vater würde durchdrehen. Und Sie? Haben Sie keinerlei Hemmungen wegen Ihrer Familie?" "Sie wissen, wie ich da hineingeschlittert bin." "Aber es war auch Ihre Entscheidung." „Wollen Sie mir vorwerfen, daß ich mich anständig verhalten habe? Eine faule Frucht am Stammbaum, das reicht!" "Faule Frucht - was reden Sie da!" "Unehelich geboren, da ist doch immer etwas faul. So sieht es jedenfalls die Gesellschaft. Ist es dieser Makel, den Sie Ihrer Kirche nicht zumuten wollen?" "Andreas Waise! Sie sind längst kein Waisenknabe mehr. Was nehmen Sie das immer noch so wichtig?"

Sie standen auf der Plattform des Aussichtsturms, von wo aus Anna die rundum weithin sichtbaren Ortschaften benannt hatte. „Das Laub ist schon spinatgrün. Zu Semesterbeginn war alles noch so hoffnungsgrün. Schade, daß die schönsten Dinge immer so schnell verwelken." "Worauf hatten Sie gehofft?" "Ach, lassen wir das. Jetzt beginnen die Ferien, und ich fahre zum Festival nach Avignon. Darauf freue ich mich schon. Wiedersehen mit Béjart und seiner Truppe." "Und ich hocke hier mit meiner Truppe, Weib und Kind." "Sie haben es so gewollt. " "Wäre ich unanständig gewesen, könnte ich jetzt mit nach Avignon, nicht wahr?" "Vielleicht." "Wir sehen uns doch vorher noch einmal?" "Kaum. Ich schwänze die letzte Vorlesung. Ich bin in den Schwarzwald auf eine Hütte eingeladen. Lauter nette Leute, die ich noch aus meiner Schulzeit kenne." "Vor denen Sie sich hüten sollten!" "Eifersüchtig? Was machen Sie sich Sorgen um mich, Sie sind doch versorgt! Kommen Sie, es ist Zeit, wieder hinab zu steigen." Für Andreas war es ein fürchterlicher Abstieg. Vorhang. Ende. Aus. Für Anna war es, die Wendeltreppe hinab, der tänzelnde Abgang zum südfranzösischen Festival.

Anna war äußerst enthusiasmiert aus der Provence zurückgekehrt. Vor allem die Freien Gruppen mit ihren unkonventionellen Projekten hatten es ihr angetan. Längst hatte sie sich mit Ideen beschäftigt, mit denen sich die Gottesdienstordnung aus ihrer Erstarrung lösen ließe, jetzt war sie voller Anregungen, wie die Verkrustungen aufzubrechen wären, ins Pfarrhaus zurückgekehrt, Aber noch wagte sie nicht, ihrem strengen Vater mit solch lockeren Vorstellungen zu kommen. Vielleicht ließen sich aber über Andreas und das von ihm geleitete Studententheater solch subversive Elemente in die Kirche einschmuggeln? Andreas war von dieser Idee natürlich begeistert: Endlich könnte er Anna ganz offen die Hauptrolle zukommen lassen, die sie in seinem Kopf längst schon spielte. Er hatte auch sofort ein Projekt parat: Einübungen ins Sterben - weiß Gott kein Krippenspiel, aber bis Weihnachten sollte dieser merkwürdige Beitrag zum Fest der Geburt Christi auf die Beine zu stellen sein. Anna war sofort einverstanden und akzeptierte nun auch, daß Andreas bei ihrem Vater vorstellig würde, um ihn für die Realisierung dieses Projektes in seiner Kirche zu gewinnen. "Sie möchten also in meiner Kirche ein Theaterstück aufführen. Das finde ich im Prinzip sehr schön. Wissen Sie, daß ich selbst einmal

Schauspieler werden wollte? Na, in gewisser Weise bin ich es ja auch geworden. Nur leider auf der falschen Bühne. Und im falschen Kostüm: Schwarzer Talar mit weißen Leinwandstreifen. Beffchen! Wie das schon klingt! Nach Schwank im Komödienstadel! Immerzu diese zwei gestutzen Lappen, die wie ein geteilter Ziegenbart trostlos von Kinn und Hals herunter hängen. Ganz gleich, welches Stück wir auch spielen, immer dieses triste schwarze Einheitskostüm, zu Weihnachten und Ostern und Pfingsten und zum Reformationsfest. Fest! Einsam im schwarzen Talar, und das Fest ist fern! Nein, das war keine innovative Theaterreform, keine kreative Entrümpelung der Szene. Das war die Vorwegnahme der berüchtigten Endspiele: Exerzitien der Trostlosigkeit in völlig kahlem Raum, Antitheater!" "Warum wechseln Sie dann nicht das Ensemble?" "Konvertit? Renegat? Sind Sie verrückt? Ich habe im Krieg in einer Stadt gelebt, in der ein Dutzend katholischer Kirchen standen und nur eine evangelische. Nach einer Bombennacht lag das papistische Dutzend in Schutt und Asche, und allein das Wahrzeichen der Reformation ragte in den flammenden Himmel als Zeigefinger Gottes, wo der rechte Glaube lebt. So hat es Gott gefallen, und so gefällt es mir." "Und keine brennende Synagoge in jener Stadt?" "Die zu vernichten bedurfte es keines Krieges. Da hatten wir Lutheraner ('Von den Jüden und ihre Lügen', Doktor Martinus Luther. Von daher rühren übrigens Bachs großartige Juden-Turbae, perfidia iudaica!), da sage ich also, hatten wir Lutheraner schon früher für ein Exemplum gesorgt." Ein gut Lutherischer Antisemit, dachte Andreas, um dann seinen für ihn so sinnig ausgewählten Konfirmationsspruch zu zitieren: "Ich bin dem Hause Juda wie ein Löwe. Ich zerreiße sie, und gehe davon; und niemand kann sie retten. Hosea fünf, Vers vierzehn." "Genau. Studieren Sie nebenbei auch Theologie? Davon hat mir Anna noch gar nichts erzählt." "Nein, aber

Kunstgeschichte. Dieses Semester eine Vorlesung über Paramentik. Deshalb interessiert mich Ihr so kritisches Verhältnis zu Talar und Beffchen sehr. Ich habe von einem Pater gehört, der an die hundert Gewänder besitzt, alte katholische, vom Krieg verschonte immerhin, und moderne. Der denkt in den Fragen der Paramentik wohl ganz wie Sie." "Nein, nein, das evangelische Wort ist mir immer noch wichtiger als die ganze katholische Inszenierung. Aber daß der Sinn für das Geheimnis des Gewandes und seiner Farben so ganz und gar in meiner Kirche verloren gegangen ist, das schmerzt mich schon." "Wie würden Sie sich denn gerne kostümieren?" "Kleiden, mein Freund, nicht kostümieren. So, als würde ich mir eine zweite Haut anziehen, um einzutauchen in ein anderes Ego, das sich anschickt, den Himmel zu öffnen. Geschieht dies am Morgen bedarf es eines anderen Gewandes als am Abend. Es ist eine Frage auch des Lichtes, wann ich mich wie kleiden würde. Der Raum, das Licht, die Farben des Gewandes und meine Handlungen - ein Gesamtkunstwerk! Ich bin gespannt auf Ihre Inszenierung. Hoffentlich kein Beckett! In diesem 'Endspiel' können sich die Alten nicht einmal mehr selbständig ordentlich anziehen, schrecklich!" "Würden Sie sich bei einer aufwendigeren Gewandung denn helfen lassen?" "Nein, um Himmelswillen, nein! Beim Einkleiden geht es doch ganz stark um das Ego, und selbstverständlich geht es dabei um eine sehr starke natürliche Aufgeregtheit und innere Spannung wie vor einem Auftritt. Ein solches Gewand wäre mir Casula, innerer Raum, Häuschen, das mir Unterschlupf gewährt. Da möchte ich schon selbst hinein schlüpfen, ganz allein für mich allein." "Ist solche Abschirmung vor der Gemeinde nicht auch Eitelkeit?" "Eitelkeit? Ich würde sagen: gestärkte Ich-Wahrnehmung. Das Gewand auch Korsett, dem eigenen Selbstbewußtsein eine Stütze aufzubauen. Ach ja, die Gemeinde! Verläßt du die Sakristei, dann trittst du vor so viel unglaubliche Belanglosigkeit, vor so viel Nonsens, Hohlsein, vor eine Front der Vergeblichkeit. Meine Rolle verlangt ständiges Agieren am Abgrund, alles, was ich tue, ist höchst fragwürdig. Ja, in Gottes Namen, ich bin ein eitler Pfarrer: Auch immer ganz für mich selbst da, unvermischt mit anderem. Sonst wäre es nicht auszuhalten. Und glauben Sie mir, ich besitze dabei genügend Ironie und Zynismus, mich meiner Schwächen selbst zu überführen." "Ein solches Gewand, wie Sie es für sich wünschten, hätte also viel zu tun mit Darstellen, Verführen und Selbstbetrug, nicht wahr? Wissen Sie eigentlich, daß Ihre Gemeinde Sie nicht liebt?" "Das hat mir noch niemand zu sagen gewagt! Hören Sie, meine offenherzige Selbstkritik, mit der ich durchaus zu kokettieren beliebe, sollte Sie nicht zu dreisten Urteilen verleiten, sonst bleibt Ihnen mein Kirchenportal als Bühnenportal verschlossen. Was wollen Sie mir dort überhaupt hineinschmuggeln? Eine Kampfansage an die Talare, wie es jetzt an einigen - ach so progressiven! - Universitäten Mode zu sein scheint? Die Kirche ist kein Ort für Politik!" "Wir haben nicht vor, dort zu zündeln..." "Lassen Sie das. Sie haben ja keine Ahnung! Also, was ist das für ein Projekt?" "Wir haben ihm den Arbeitstitel 'Einübungen ins Sterben' gegeben." "Darüber muß ich mehr wissen. Ist theologisch haltbar, was Sie und Ihre Kommilitonen da aushecken? Private Mythologien gehören nicht in den Altarraum, das sage ich Ihnen gleich. Aber ich bin Ihnen gerne behilflich, die rechte Botschaft einzuarbeiten - als Ihr Produktionsdramaturg gewissermaßen. Wie Ihnen bekannt sein dürfte, bin ich auch Krankenhausseelsorger. Ich habe einige Broschüren verfaßt, die Sie einmal lesen sollten. *Da muß man eben durch. Stoßseufzer aus dem Krankenbett, respektvoll und andächtig aufgenommen*, sehr lesenswert. Ich habe das Heftchen gerade zur Hand, in dem ich Luther zitiere: *Aber der enge Gang des Todes macht, daß uns dieses*

*Leben weit und jenes eng dünkt. Darum muß man von der leib-
lichen Geburt eines Kindes lernen, wie Christus sagt: Eine Frau,
wenn sie gebiert, so leidet sie Angst, wenn sie aber genesen ist, so
denkt sie nicht mehr an die Angst, weil sie einen Menschen in die
Welt geboren hat. - Also muß man sich im Sterben auch der Angst
bewußt sein und wissen, daß danach ein großer Raum und Freude
sein wird.* Das wäre ein christliches Motto für Ihr Projekt. Mit
einem solchen Motto fänden Ihre Bühnenbretter Einlaß und
Platz zwischen den Fürstengräbern. Eine großartige Kulisse
übrigens! Kein Pappmaché, sondern Renaissance in Stein.
Eine Szene ähnlich der in Palladios Teatro Olimpico. Das
können Sie haben, das stelle ich Ihnen zur Verfügung, vor-
ausgesetzt, Sie stellen das Sterben dar als den wichtigsten
und erhabensten Augenblick unseres Lebens, als einen lich-
ten, erleuchtenden, erlösenden Vorgang, als Hingabe in die
liebenden Hände Gottes, die uns in ein Neues tragen. Sind Sie
dazu bereit?" "Mir hat an dem Luther-Zitat gut gefallen, daß
es Gebären und Sterben so nah zusammenrückt. Vor dem
Gebären liegt die Zeugung, und nach dem Sterben ist neue
Freude. Eros und Thanatos." "Nein, nein, nichts Dionysi-
sches! Da haben Sie Luther falsch verstanden. Versprechen
Sie mir, daß es keine Mätzchen geben wird, wie das heute so
beliebte Clo auf der Bühne. Der Chorraum ist heiliger Ort
und kein Abort! Haben wir uns da verstanden?" Das sah
nicht gut aus. Aber er ist doch ein eitler Komödiant. "Und
wenn Sie selbst mitspielten?" "Darüber ließe sich reden. Ich
müßte dann allerdings auch an der Gesamtkonzeption und
den Texten beteiligt und natürlich bei allen Proben dabei
sein." Peng. Der Vater ist immer dabei. Nichts mit den Ein-
zelproben für Anna. Kein ungestörtes Ausprobieren der Ster-
bebettszene, wobei es möglicherweise endlich zum ersten
"kleinen Tod" kommen sollte. "Da müßte ich aber erst die
Zustimmung unserer Theatergruppe einholen." Gottseidank

sagte er unvermittelt, mit dieser autoritären Sprunghaftigkeit, die immer die Initiative behalten möchte, ohne Rücksicht darauf zu nehmen, was dem anderen gerade wichtig ist: "Kommen Sie, wir gehen 'rüber in die Kirche; dann zeigen Sie mir, was Sie sich vorstellen." Das aber war Andreas jetzt nur recht. „Demonstrieren Sie mir im Chorraum, warum Sie dieses Gemeinschaftsprojekt unbedingt dort realisieren wollen." Oh Gott! Aber Andreas war nicht ganz unvorbereitet. Bei einer solch konkreten Frage holt man am besten ganz weit aus, wenn man die Antwort möglichst verschwommen zu halten gedenkt. "Natürlich sind die alten Griechen irgendwie unser Vorbild." ("Irgendwie" ist fürs Philosophieren immer gut). "Religiöser Kult– Dionysos. Tod und Auferstehung. Sie kennen besser als ich die theologischen Bezüge zur christlichen Religion. Chor - Liturgie - dann ein Einzelner, der heraustritt, ein Frager, der Rechenschaft fordert von den Göttern und dem Schicksal: Die Geburt des religiösen Dramas. Der Dialog über unauflösbare Gegensätze. Leben und sterben. Und das ungelöste Warum." "Sehr schön, sehr schön. Sie gefallen mir." Dieses Gönnerhafte hätte Andreas beinahe zu einer Sottise verleitet, aber er zog es dann doch vor, die gute Stimmung auszunutzen und den Pfarrer gewissermaßen besoffen zu quasseln: "Vernunft und Ekstase, Rausch und Verstand - sind sie nicht das Paar, das Religion und Theater miteinander verbindet seit alters her?" "Nun, nun..." "Aber Sterben und Euphorie, verzagen und hoffen, verschwinden und wiederkehren, niederfahren und auferstehen - das sind dramatische Gegensatzpaare, deren Auftritt hierher gehört, in diesen Chor, und Ihre Gemeinde ist das eigentliche Theatron, das Publikum!" "Sicher - gewiß..." Ein gewagtes Apercu: "Wir haben Erlebnisse, aber keine Ersterbnisse. " "Erlebnisse und keine Ersterbnisse...hm,hm... wohl wahr." "Wir treten als Frager vor Ihre Gemeinde, und sie wird uns antworten, als stummer Chor zwar, aber mit innerer Bewegung." "Das möchte ich dann doch gerne etwas genauer..." Teufel auch, warum mußte er diese Vokabeln gebrauchen, die den Text ins Spiel brachten! "Wenn ich 'Frager' sagte, dann meinte ich nicht Frager im eigentlichen Sinn, es werden mehr Aktionen sein, die gewissermaßen Fragen stellen, aber das wird sich in den Proben entwickeln müssen..." "Es gibt also kein Textbuch, das ich einsehen könnte?" "Es wird sicher irgendwann eine schriftliche Fixierung geben..." "Die ich dann gerne einsehen würde. Bei diesem Unternehmen bin ich ja gewissermaßen der Intendant." Andreas stimmte etwas gequält in das kokette Lachen des Pfarrers ein. "Aber doch sicher ohne inquisitorische Ambitionen!" "Ich bin zwar durchaus Fundamentalist, aber kein mittelalterlicher!" "Das hat mir Anna schon ungefähr so gesagt." "Ach ja? Sie sprechen über mich? Dann sind Sie wohl ziemlich gut miteinander befreundet?" Der Mann war ein wachsamerer Zuhörer, als Andreas ihm zugetraut hatte. Mit seiner unkontrollierten Bemerkung hatte er jetzt zwar das Verhör zum Thema "Einübungen ins Sterben" vom Hals, sich aber gleichzeitig wahrscheinlich ein Verhör zum Thema "Was üben Sie denn so im Leben meiner Tochter?" aufgehalst. "Sie sind doch verheiratet und ein ziemlich junger Vater? Bitte mißverstehen Sie meine Frage nicht. Aber in gewissen Fragen habe ich unumstößliche Grundsätze; da stehe ich auf einem festen Sockel. Nein, nein, ich bin kein Komtur, kein steinernes Denkmal. Auch wenn meine Tochter Anna heißt, wäre ich nie ein Vater, der einen Don Juan heimsucht und mit eisiger Hand in die Hölle reißt." "Sie sind kein Komtur, und ich bin kein Don Juan." "Also naht kein Strafgericht." Wieder dieses selbstgefällige Lachen. "Zurück zum Thema. Glauben Sie, daß uns ein Strafgericht erwartet? Und denken Sie daran, wenn Sie ans Sterben denken?" Auch das noch, die Gretchenfrage! Dieses Examen sparte kein Thema aus. "Mit welchem Recht sollte Gott uns strafen?" "Wir sind alle Sünder." Mein Gott, bisher war doch alles ganz gut gelaufen! Mußte sich Andreas jetzt wirklich so um Kopf und Kragen reden? "Für mich ist das Weltall so etwas wie ein rasend expandierendes Unternehmen, in dem der für uns zuständige Bereichsleiter eine Niete ist. Und dazu bösartig. Was er mit den Menschen treibt, ist reinstes Mobbing! Fortdauernde Vertreibung aus dem Paradies - so dieses Unternehmen je ein Paradies war." "Eine merkwürdige Terminologie für theologische Fragen. Na ja, Sie sind ein Kind unserer Wirtschaftswunderzeit. Aber sprechen Sie ruhig weiter." Von wegen ruhig, Andreas war viel zu sehr in Fahrt. Der Alte würde sich noch wundern: "Ein einziger strafender oder auch gnädiger Gott - Monotheismus! Diese idiotischen Allmachtsphantasien! Und unsere Arroganz zu glauben, der Konzernchef kümmere sich um jede Filiale in der hintersten und dunkelsten Provinz! Wahrscheinlich dauert es Lichtjahre, bis er einen Schimmer davon bekommt, daß sein Substitut für unser Sonnensystem eine trübe Funzel ist. Wäre ich der Konzernchef, ich hätte schon längst diesen Regionalleiter, diese Niete in Nadelstreifen, gefeuert. Erdbeben, Flutwellen, Hungersnöte - all diese Katastrophen sind nichts anderes als die Folgen des Mißmanagements dieses unfähigen Betriebsleiters! Und was für Folgen! Tausende, Millionen, Milliarden von Opfern in der traurigen Geschichte dieses Unternehmens. Wenn der Betriebsleiter den Unternehmensgrundsatz 'Du sollst nicht töten' nicht vorlebt, warum sollte das Fußvolk sich danach richten? Die Menschen, diese Ebenbilder, treten in die Fußstapfen des Vorbildes, des Sonnensystem-Versagers, und helfen tüchtig mit, die Szene zu verdunkeln. Ich fürchte diesen Versager. Er wird sich an allen rächen, die ihn durchschaut haben. Das Strafgericht ist für die, die den Versager 'Versager' nennen. Ja, ich glaube an dieses Strafgericht und weiß, daß ich es zu fürchten habe." "War das der Text zu Ihrer Einübung? Dann würde ich doch dringend ein paar Striche empfehlen. Mein Freund, Sie sind ein Hitzkopf. Aber es bleibt dabei, Sie gefallen mir. Lassen Sie uns die Sache weiter bereden. Nicht jetzt. Die Katechumenen warten auf mich. Aber Ihr Projekt hat mich sehr zu interessieren begonnen. Wirklich. Wir bleiben in Verbindung. Anna wird es Ihnen sagen, wenn ich Zeit für Sie habe." Schon wieder diese verfluchte herablassende Gönnerhaftigkeit! "Ich, wir alle sind Ihnen zu großem Dank verpflichtet." "Keine Ursache. Ich bin immer dafür, junge Menschen zu unterstützen, die dem zunehmenden Materialismus unserer Zeit Ideen und Ideale entgegensetzen." Als Andreas dem Pfarrer zum Abschied die Hand reichte, bildete er sich ein, eine Hand aus Marmor zu halten, worüber er kurz erschrak, aber dann dachte er nur: "Commendatore! O vecchio buffonissimo!" Dies mochte er Annas wegen nicht auf Deutsch denken.

Es war der Samstag vor dem ersten Advent im 1967. Jahr des Herrn. Anna und Andreas hatten sich für den Vormittag zu einer weiteren Einzelprobe verabredet. Der Herr Pfarrer hatte ihnen die Kirchenschlüssel ausgehändigt mit der Bitte, sie sollten sich einschließen, damit kein ungebetener Besucher den ersten Schneematsch ins Kirchenschiff hinein trample. Zur Ankunft des Herren sollte sein Haus ordentlich aussehen. Und wie Andreas die Kirchentür verrammelte: Den dicken Schlüssel ins Loch, den dicken Balken in den Eisenbeschlag geschoben. Andreas war ein rammelnder Beschließer, der zuschließend vom Gegenteil summte: Macht hoch die Tür...schleuß die Himmel auf...Advent ... es kommt der Herr. Denn er hatte beschlossen: Heute oder nie! Noch einmal würde er sich nicht mit geweitetem Schritt davontrollen. Anna hatte unterdessen das schäbige eiserne Bettgestell mit der arg durchgelegenen Matratze und dem etwas schmuddeligen Leintuch aus der Sakristei mitten in den Chor neben die Grabtumba der Gräfin geschoben, die sich als Übersetzerin französischer Ritterromane einen Namen gemacht hatte. Unter den Drolerien, die die Kanten der Grabplatte umliefen, fand sich auch der Kopf eines Narren. Alles in allem war diese Tumba also durchaus prädestiniert, Zentrum einer szenischen Aventiure ums Sterben zu sein. Gemeinsam umstellten Anna und Andreas Tumba und Sterbebett mit Kandelabern und entzündeten die Kerzen. Anna hatte das Tonbandgerät eingeschaltet: Schubert, Der Tod und das Mädchen, natürlich in der Mahler'schen Orchesterfassung: „Vorüber, ach vorüber, geh' wilder Knochenmann!" Mit eurythmischen heilenden Gebetsgebärden (so nannte Anna die von ihr erfundene Choreographie, die Andreas ihr auch mit seinen wiederholten Kitschvorwürfen nicht auszureden vermocht hatte) umtanzte Andreas' Objekt der Begierde die Bettstatt, strich an den hohen Wänden der fürstlichen Grabmäler entlang, die seitlich die Szene begrenzten, und warf einen huschenden Schatten auf die steifen Potraitfiguren der verblichenen Damen und Herren, so daß diese grotesk mit zu tanzen schienen. Die Damen schauten unter ihren eng anliegenden Häubchen allesamt ziemlich verdrießlich drein. Die Hände hielten sie verschränkt unter ihren eingeschnürten Brüsten. Stupid senkrechter Faltenfall der Gewänder bis zu den Füßen. Genau betrachtet waren es Damen ohne Leiber, präsent waren allein die Köpfe, die auf der weiten Halskrause wie auf einer weißen Schale ruhten, fertig zum Servieren. Aber wer hatte schon Lust auf solche stocksteife Stockprotestantinnen, bei deren Darstellung die Renaissance alles antikisch Diesseitige schlicht vergessen hatte. Zu Füßen der Damen lagen die schläfrigen Hunde, offensichtlich gelangweilt von der Lust- und Teilnahmslosigkeit ihrer frigiden Herrinnen, die für alle Zeit nichts und niemand mehr zum Erglühen bringen würde. In welchem Gegensatz zu dieser Tristesse Annas lebendiger Körper, wie er sich jetzt wiegte und bog, um vor dem imaginären Gerippe aus- und zurückzuweichen: „Und rühre mich nicht an!" Doch, zugreifen, jetzt, dachte Andreas, sie umschlingen, die Brüste fassen. Anna erstarrte zum Modell ihrer eigenen Grabmalstatue. Jetzt nicht nachlassen. Sie ist kein Marmor, sie läßt sich erweichen. Laß die Edelleute nur gucken, gönne den prüden Langweilern doch das Spektakel, selbst die Hunde beginnen schon erwartungsvoll zu blinseln. Hic iacet. Ja, gleich liegen wir beide. Nicht so brav nebeneinander wie die Figuren des fürstlichen Paares, die man nicht aufgestellt, sondern flach auf die Sarkophage gelegt hatte. Ich leg' dich flach und mich obenauf, der leibhaftige Inkubus! Ein kopulierender Doppelakt, verschlungen wie die Laokoongruppe. Welches Bein zu welchem Körper? Ist das mein Arm oder ihrer? Von wo kommt der Fuß dorthin? Wir bringen die Anatomie so durcheinander, daß jeder Betrachter in unseren Taumel gerät. Schon lösen die Damen ganz aufgeregt die Häubchen und lassen ihre Haare wallen, die Grafen nesteln erregt an ihren Suspensorien, und die Hunde schnuppern aufgeregt, als wüßten sie, was das heißt: Odor di femmina! Nur einer der Herren spielt den Komtur, mimt Donna Annas Vater: Pentiti! Andreas aber schreit: No! Und dann noch einmal "No, no!" hoch zur Kanzel, von der der Herr Pfarrer ihm zu drohen scheint: "Jetzt naht dein Strafgericht!" Wir leben nicht im Mittelalter, kein Höllenschlund öffnet sich, uns zu verschlingen. Hier verschlingen nur wir uns selbst, gegenseitig, nackt, mit Haut und Haar. Das Glas der Chorfenster verwandelte die einfallenden Sonnenstrahlen in bunte Flecken und Kringel, die auf den Drolerien der Tumba lustig herum hüpften und dem Narren eine bunte Kappe verpaßten. Physik transzendierte zu Metaphysik. Der Chor war zur kristallenen Minnegrotte geworden. Jetzt müßte die neue Orgel, Grand Orgue, französisch-romantisch intoniert, mit allem, was Schwellwerk und Windlade herzugeben vermögen, den wuchtigen Plenumklang aufbrausen lassen. Charles Vidor, Toccata. Ein Sturmlauf. Keine Zeit zum Atemholen. Immer neue Klangschübe, die dir in alle Glieder fahren. Ein akustischer Turmbau, der dein Hirn übersteigt. Du denkst, das ist der Höhepunkt, und dann wird doch noch ein Register gezogen, daß dir die Bässe im Magen zu wummern beginnen, und der Diskant dich Sternchen sehen läßt. "Hosianna! Hosianna!" Da war Annas Jubelschrei, den Andreas Hosea erstmals hörte. Ein Lustschrei, vom Chor bis zur Empore dringend, wo ihn auch kein Orgelbrausen übertönt hätte. Und ein Nachhall, der sich niederließ auf die Blätter der Kapitelle und die Spitzen der Fialen, um von dort in die Ewigkeit zu schweben. Zwischen all den kalten und so schrecklich einsamen Menschenbildern waren Anna und Andreas zu einem Paar geworden, das in diesem Moment nichts als die Wärme des Lebens und der Liebe spürte, die selbst den Kältetod der Erde überdauern würde. Nun, wir wissen, all dies ewige Dauern dauert nicht ewig. Die Kirche war zwar für den morgigen Adventssonntag schon vorgeheizt, aber selbst das schönste körperliche Glühen endet irgendwann mit einem „Jetzt wird's mir langsam kalt. Irgendwas ist da feucht unter mir, naßkalt fühlt sich's an." Anna hebt ihr Becken und dreht sich etwas zur Seite. Eine Blutlache. Nicht die paar Flecken, die man hätte zur Schau stellen können, die gelungene Kopulation und Defloration zu dokumentieren, nein, eine Blutlache, die bis in die Matratze eingesickert war. Andreas dachte im ersten Augenblick nur "Scheiße." "Blutest du noch?" "Nein, ich glaube nicht. Aber du glaubst natürlich, das ius primae noctis hochherrschaftlich genossen zu haben, wie diese breitbeinig dastehenden Potenzprotze hier. Bilde dir nichts ein, ich habe meine Tage, so einfach ist das." "Wieso hattest du dann…?" "Es hat gerade erst angefangen. Das kommt ganz plötzlich...durch die Erregung...oder so." "Und immer so stark?" "Mein Gott, das bißchen Blut. Du tust gerade, als hättest du mich zum Opferaltar geschleift und ein archaisches Werk vollbracht. Sacre du printemps. Du bist nicht der Hohepriester, der allein Zugang zum Allerheiligsten hat. Daß ihr Männer euch immer gleich einbildet, einzig und einmalig zu sein! Komm' mir jetzt ja nicht mit Besitzansprüchen! Hilf mir lieber, das Zeug hier loszuwerden!" "Hab' ich was falsch gemacht? Hab' ich dir weh getan? War es nicht schön?" "Das Zeug muß weg, steck's in deinen Kofferraum und fahr's zur Müllkippe!" "Und unsere Probe?" "Wozu jetzt noch Probe? Wir hatten doch gerade unsere Première: Einübung ins faire l'amour." Auch eine Art Einübung ins Sterben, dachte Andreas. Mit dem Beischlaf entschläft unsanft die Liebe. Die Spermien in Blut ertränkt, das Bettlaken ihr Leichentuch. Und die Inkarnation der großen Gefühle zum Verwesen auf den Müll. Ihm war ganz elend zumute. Ein endlich siegreicher Held mit jämmerlich gesenkter Lanze, darauf als spärliche Kampfspur ein bißchen geronnenes Blut. Und plötzlich packte ihn die Angst, daß in dieser Frau, die eben noch seinetwegen "Hosianna" gejubelt hatte, jetzt schon ein "Kreuziget ihn" brodeln könnte. Die Matratze auf dem Buckel, drehte Andreas kurz vor der Sakristeitür noch einmal den Kopf über die Schulter und blickte hoch zum Gewölbe des Chorraums: Was ist? Habe ich dein Haus entweiht? Oder habe ich unserem Akt damit nicht viel mehr die höheren Weihen gegeben? Und damit hinaus zu Wagen und Müllkippe.

Am vierten Adventssonntag war es dann so weit. Vor dem Fest der Geburt Christi also eine Einübung ins Sterben. Der

Herr Pfarrer hatte sich entschlossen, die Präsentation des Projekts vorsichtshalber mit einer Einführung abzusichern. Andreas hatte allerdings den Verdacht, der Pfarrer wolle sich auf diese Weise selbst präsentieren, wenn er schon nicht als Akteur präsent sein durfte (die Kommilitonen hatten es strikt abgelehnt, den Pfarrer in das Ensemble aufzunehmen). Und er nutzte die Chance zu einem eindrucksvollen, höchst professionellen Solo. Seine Stimmführung war zunächst geleitet von zwei Vortragsbezeichnungen: "morendo" und "al niente". Die Gemeinde mußte also schon gewaltig die Ohren spitzen, um seine theologische Begründung (wieso Meditationen über das Sterben so kurz vor dem Christfest?) wenigstens akustisch zu verstehen, zumal der Redner seine Ausführungen mit keinerlei gestischer Untermalung visualisierte. Allein die beiden schlapp herunter hängenden Lappen des Beffchens signalisierten den traurigen Abwärtstrend, der Kern der Botschaft war: „Man muß ins schwarze Schweigen / zu den Verfaulten steigen." So wie die Confiseure schon dabei waren, die Weihnachtsmänner in Ostereier umzuschmelzen, schmolz der Pfarrer in seiner Rolle als eitler Conferencier die Weihnachtsbotschaft um in die Osterbotschaft. Das Jesuskind in der Krippe mutierte umgehend zum Heiland am Kreuz. Gottes Sohn werde ja geboren, um für unsere Erlösung von den Sünden zu sterben. Daher sei für uns Protestanten der Karfreitag der höchste Feiertag und nicht dieses kommerzialisierte Lichterfest. Man müsse zwar erst geboren werden um zu sterben, aber für unser Bewußtsein sei der Tod letztlich bedeutungsvoller als die Geburt. Denn erst der Tod mache unsere Wiedergeburt, die Auferstehung und das Eingehen ins ewige Leben möglich. Ja, die Auferstehung des Fleisches und ein ewiges Leben! Und nun stellte er seine Sprechweise unter das Motto "per aspera ad astra" . Das war mit all den Crescendi und Sforzati ein wundervoller Kontrast zum bisherigen

Klang seiner ersterbenden Stimme, verstärkt noch durch die jetzt heftige gestische Begleitmusik, die dem hellen Beffchen zu solch munteren Sprüngen verhalf, daß es dem düsteren Untergrund zu enthüpfen schien. "Ja, die Auferstehung des Fleisches und ein ewiges Leben! Es gibt einige, die mich einen Fundamentalisten schimpfen, weil ich ein entschiedener Gegner all dieser seichten Verwässerungen bin, die dem, ach! so aufgeklärten Menschen unserer Tage ein bequemes Herumwaten in den theologischen Fragen ermöglichen sollen. Auferstehung und Himmelfahrt sollten nichts anderes bedeuten als: Die Sache Christi geht weiter? Was für ein feiger Rückzug vor einem Denken, das vor alle Metaphysik die Physik stellt! Eine furchtsame Theologie, die vor den Naturwissenschaften kapituliert! Das Wort sie sollen lassen stan! Wer unser Glaubensbekenntnis so verwässern möchte, der möge sein Heil außerhalb der Gemeinschaft der Getauften suchen! Wer aber die evangelische Verkündigung beim Wort nimmt, der weiß, daß sein Sterben der ganz reale, ganz körperliche Übergang ins Reich Gottes ist. Was sonst vermöchte uns zu trösten? Einübungen ins Sterben - das heißt Vorbereitung auf diesen Übergang, dieses 'Stirb und werde'! Mögen diese Einübungen vor dem Fest der Geburt Christi uns an sein und unser Sterben gemahnen zu unserem Heil! Amen." Damit verließ er den zur Szene umfunktionierten Chor, kehrte zurück zu den getauften Fundamentalisten, die nun wußten, daß sie den Adventskranz kaum als fröhliches Vorzeichen für die Ankunft des Herrn zu verstehen hatten, sondern als düstere Mahnung (vorweggenommener Grabesschmuck) an den eigenen Abgang, und nahm Platz auf der ersten Bank neben seiner Frau und Annas Geschwistern. Die Stimmung war trotz der vier lustig flackernden Kerzen düster. Und sie verdüsterte sich noch, als der Beleuchtungs- und Tonmeister der studentischen Truppe mit heftigem, viermaligem Pusten für

das notwendige Blackout sorgte und das Tonband einschalte-
te. Andreas hatte zur musikalischen Grundierung seiner Einübung die unaufhörliche Repetition des "Hier zittert das ge-
quälte Herz" aus Bachs Matthäuspassion auf Band genommen. Der Diabolus in musica in Gestalt der übermäßigen
Quart, barockes Klangzeichen für die Todes-Erschrockenheit,
hatte es ihm angetan. Ein garantiert entnervendes Intervall,
wenn es unaufhörlich von einem Tenor repetiert wird. Auf
diesen Effekt, erreicht mit den Mitteln der in Mode gekom-
menen minimal-music, hatte es Andreas abgesehen - mit ma-
ximalem Erfolg, denn schon waren die ersten Unmutsäuße-
rungen zu vernehmen, noch bevor die schnell im Blackout er-
stellte Szenerie zu erkennen war. Im Licht der Scheinwerfer
sah die geplagte Gemeinde dann die nächste Zumutung: Ein
Sandhaufen, gegen dessen Schräge ein Holzkasten lehnte, der
an einen roh gezimmerten Sarg erinnerte. Die Kiste war ange-
füllt mit Kartoffeln, aus denen Schößlinge trieben, und mit
Zwiebeln, die ebenfalls ins Kraut zu schießen begannen. Am
oberen angehobenen Ende dieser Kartoffel-Zwiebel-Leichen-
kiste lugte das Gesicht von Andreas hervor mit den Anzeichen beginnender Verwesung, die Augenlider geschlossen,
die Haare struppig und wie an die Stirn geklebt. Andreas ver-
nahm das Raunen der Gemeinde, ein fernes, bedrohliches
Grollen…

Ein fernes, dumpfes Grollen, für Andreas ein Urgeräusch,
dessen Entstehung und Bedeutung ihm verborgen blieben.
Aber er hatte es gehört, zusammen mit den anderen, die im
Keller des Waisenhauses hockten, die kleinen Klappstühle
(ein solches "Bunkerstühlchen " würde er später bei seinen
Pflegeeltern wieder sehen als putziges Mobiliar in seinem
Kinderzimmer) gegen die Wände gerückt. Die Waisenkinder
im Krabbelalter hatten sich zwischen den Kartoffeln und

Zwiebeln in den Kisten verkrochen, in die man sie hineingehoben hatte, vielleicht in Hoffnung auf einen besseren Schutz vor dem, was sich da mit fernem Grollen so dumpf-bedrohlich ankündigte. Der krabbelnde Andreas mußte dieses Bild mit seinen Händchen in sein Unterbewußtsein geschaufelt haben; jedenfalls wurden Holzkiste, Kartoffeln und Zwiebeln mit ihren Schößlingen zu selbst für ihn kaum zu entziffernde Chiffren seiner privaten Mythologie, die er jetzt, ein Vierteljahrhundert später, einer ratlosen Gemeinde zumutete.

Den Text hatte Andreas im Stil der Freß-Sauf-und Venuslieder verfaßt, um auf solche Weise in immer neuen Variationen Eros und Thanatos zu besingen: "Es bleibt das schönste Los/Der kleine Tod im Schoß!/Man muß ins schwarze Schweigen/Zu den Verfaulten steigen/Was kümmern mich denn solche Ängst'!/Besteigen will ich wie ein Hengst..." Wie es weiterging im Text? Dies erfahren wir aus seiner kurzen Rezeptionsgeschichte: "Die Kinder, die Kinder, mein Gott, die armen Kinder! Was sollen die nur denken?" So tuscheln verzweifelt, weil zur Intervention unfähig, die braven Gemeindehelferinnen. Die Konfirmanden auf den Bänken gegenüber den Presbytern, schubsen einander und kichern: "Mensch, das ist ja echt geil. - Sodom und Gomorrha! - Halt's Maul, Hurenbock! " Der Bürgermeister beugt sich zum Ohr des neben ihm sitzenden Pfarrers: "Ist das denn in Ihrem Sinn, Herr Pfarrer?" "Ich versichere Ihnen, davon habe ich nichts gewußt!" (Was der Wahrheit entsprach, denn der Pfarrer hatte dem Wunsch nach ungestörter Probenarbeit letztlich generös nachgegeben, weil er bei allem Verantwortungsbewußtsein doch kein Zensor sein wollte). Der alte Presbyter (mit verrunzelten Lippen, die in Moralin eingelegt schienen): "Wie heißt dieser Kerl? Andreas? Das ist doch dieses obskure Bürschchen Andreas Hosea! Hab' ich's nicht damals schon geahnt, als er die Stufen zum Taufbecken hinauf stolperte: Ein Früchtchen von einem fremden Baum. Daraus kann nichts Christliches erwachsen, da hilft auch kein Taufwasser!" Und da wagt seine Gattin (glatt zurückgekämmtes und hinten geknotetes Haar) den Entrüstungsruf: "Unerhört! Aufhören!" Und aus den niedrigen Seitenschiffen schallt es durchs Hauptschiff nach vorn zum Chor: "Sehr wahr!" "Ungeheuerlich!" "Macht denn keiner diesem Spuk ein Ende?" "So unternehmen Sie doch etwas, Herr Pfarrer!" Andreas richtet sich abrupt in seinem mit mysteriösen Anspielungen angefüllten Sarg auf. Entsetzensschreie der Gemeinde, die übertönt werden von Andreas Wutgeheul: "Alle meine Sünden/Kann niemals ich ergründen/Es hat der Herr mich oft betrübt/Ich ford're, daß er Gnade übt!" "Das ist Blasphemie!" Jetzt war in der Kirche der Teufel los. "Gleich soll den Kerl der Schlag treffen!" Und dann steigert sich- punctus contra punctum - die höchst kuriose Wechselrede zwischen Andreas und der Gemeinde zu einem Höllenlärm: -Ich bin aus Mist und List ja bloß... - Ein Miststück, ja, ein gottverdammtes Miststück! -... für Gott ein Dreck, ein Leim, ein Kloß...-Nicht nur für Gott, für alle rechtschaffene Christen! -... soll ER doch mit seinem Blut/Löschen mir die Höllenglut!...Jüden/Christen/ wie Zikassen/Alle müssen nach Erblassen/Durch die rauhe Dodes-Gassen!/Die Höllen=Bestien brummen/ Auf ihren schwarzen Trummen!" Höllisch dissonante Orgel-Cluster. Diabolus in musica. Und plötzliche Stille. Andreas hat sich unter den Kartoffeln und Zwiebeln verkrochen. Vom Tonband eine sehr ruhige Frauenstimme: „Du dauerst mich, du armes Thier/Alle Freuden sturben dir!/Ob ich dir Rubinen streue/Ob ich wider dich verneue/Sälbst ob Gericht/Ob Strafe- schlafe… schlafe...schlafe...!" Blackout. Anschwellendes Gemurmel. Rufe nach Licht. Die Lampen im Kirchenschiff werden angeschaltet. Der Pfarrer sitzt reglos da mit vors Gesicht geschlagenen

Händen. Annas Mutter erhebt sich, wendet sich der Gemeinde zu und stammelt wie aus einer Betäubung erwachend ein Opernzitat: "La commedia e finita." "Na gottseidank!" "Eine Zumutung!" "Noch so eine Nummer, und ich hätte den Chor gestürmt, das können Sie mir glauben!" "Eigenhändig hätte ich die Bande nach draußen befördert, bevor ich mir ein solches Theater hätte weiter bieten lassen!" Die "Bande" saß verstört in der Sakristei, unfähig, zu einem Entschluß zu kommen. Es war auch egal, denn die Gemeinde hatte sich längst zerstreut. "Tja, Freunde, die ganze Proberei offenbar für die Katz'!" "Scheißspiel!" "Immerhin ein Skandal! Ist doch auch nicht übel!" Durch die Tür sahen die Kommilitonen, wie der Pfarrer die Stufen zum Chor hinaufstieg und sich über die Kiste beugte: "Sie haben sich eingeschlichen in mein Vertrauen und es schamlos mißbraucht wie ein heimtückischer Parasit! Ich will Sie hier nie mehr sehen. Ab heute haben Sie striktes Pfarrhausverbot." Da begann Anna hemmungslos zu heulen.

Es war schwierig, einmal aus dem Tempel hinausgejagt, einen Ort zu finden, wo sich der Liebe weiterhin Opfer in Form kleiner Tode darbringen ließen. Dabei war Andreas nur allzu opferbereit, und auch Anna hätte zu gern wieder als Zeichen ihrer höchsten Erregung das hebräische "Hilf doch" parodiert, indem sie dem geistlichen Text eine höchst weltliche Komposition (eine fleischliche Zusammensetzung) unterlegen würde. Aber Andreas wußte nicht zu helfen. Er schämte sich und ging Anna bewußt aus dem Weg, indem er alle Vorlesungen und Seminare mied, die sie ursprünglich zusammen belegt hatten, um einander möglichst oft ganz selbstverständlich begegnen zu können. Nach diesem fatalen vierten Advent blieb der Herr verschwunden, mochte Anna sein erneutes Erscheinen noch so sehr herbeisehnen. Was folgte, war für beide ein Winter des Mißvergnügens. Das Semester ging kalt und lieblos zu Ende. Aber rechtzeitig zu Beginn der Ferien sorgte die Märzsonne des legendären Jahres 1968 dafür, daß die Liebe wieder glorreich aufgewärmt werden konnte. Anna entdeckte Andreas im Lesesaal der Bibliothek, wo trotz der hereinfallenden Sonnenstrahlen noch die Leselämpchen auf den aufgereihten Tischen brannten, und setzte sich so selbstverständlich neben ihn, als hätte es für sie beide kein endlos erscheinendes Trennungssemester gegeben. "Es ist so schön draußen. Schließen wir uns der Demo an?" Anna steht auf, Andreas packt seine Sachen zusammen, knipst das Lämpchen aus und folgt Anna ins Sonnenlicht. Vom Campus aus setzte sich der Kreuzzug ins Land der Revolution in Bewegung. Die Kreuzritter waren Annas und Andreas' Kommilitonen, das sozial und grundrechtlich deklassierte Proletariat, wie der linksliberale Rektor der Universität in einer einstimmenden Grundsatzrede befunden hatte, das in einer von Naziprofessoren durchseuchten letzten Bastion des Feudalismus in Knechtschaft gehalten wurde. Andreas verstand von all dem nichts; er war ganz und gar kein Revolutionär, und er erkannte in Anna auch kein bißchen eine Braut der Revolte. Wahrscheinlich war dies damit zu erklären, daß der Schauplatz in der abgelegenen Provinz lag, wobei der Raum gleichsam zur Zeit wurde, denn den Zeitgeist wehte es erst mit einiger Verspätung in diese Region. Nun war er endlich angekommen, wenn auch immer noch nicht so recht wahrgenommen. Der lange Marsch zur Grenze aber war ein unterhaltsames Massenspektakel, bedeutend genug, der unbedeutenden Provinz einen Tag zu bundesweiter Beachtung zu verhelfen. Und Anna und Andreas waren dabei! "Solidarisieren, mitmarschieren" hieß die Parole. Anna und Andreas folgten gern, mal im Hampelmannschritt, mal nach den Regeln einer Springprozession, mal im Laufschritt, mal im Rhythmus der skandierten Sprüche. Sie marschierten mit der Vorhut, ließen sich dann zurück fallen, holten mit Riesenschritten wieder auf, ließen die Hände los, um sich getrennt im Hauptfeld zu tummeln, suchten einander, fanden sich wieder, umarmten sich, umtanzten einander, faßten wieder Tritt im Rhythmus der Masse. So erfanden sie ihre eigene Choreographie inmitten einer ziemlich sturen, einfallslosen Bewegung. Und es schien ganz so, als ob sie mit ihrem spielerischen Kreuz und Quer auch die Idee dieses Zuges durchkreuzen wollten. Jedenfalls nahmen immer wieder einmal kleine Sturmtruppen die beiden Abweichler in die Zange, um ihnen das "Solidarisieren, mitmarschieren" als Zurechtweisung und Befehl in die Ohren zu brüllen. Die Kommilitonen, endlich einmal wahre Mitstreiter, zogen durch die Stadt, flankiert von berittener Polizei, die sich rechtschaffen in der viel gescholtenen repressiven Toleranz übte. Sie alle waren nur Komparserie in einer Massenszene, deren Hauptdarsteller breitbeinig auf einem Gepäckträger agierte, der auf dem Verdeck einer jener Klapperkisten montiert war, die in studentischen Kreisen Kultstatus genossen. Dort oben stand er also, der Held, natürlich zeit- und rollengerecht mit Jeans und T-Shirt bekleidet. So recht theatralisch oder gar opernhaft wirkte aber nur sein wirrer Wuschelkopf und der Stoppelbart, klischeehafte Tricks, zu denen ein Maskenbildner gewöhnlich greift, um einen braven Baß-Bariton in einen Brunnenvergifter zu verwandeln. Der Held spielte den Volkstribun, wobei er, trotz seiner gallischen Herkunft, seinen rechten Zeigefinger, offenkundig Lieblingswerkzeug aller Präzeptoren, sehr germanisch einsetzte. Dennoch beneidete Andreas diese edelproletarische Eminenz. So einmal herausragen, erhoben über die Köpfe des gemeinen Volks! Die alte Sehnsucht zu dirigieren, zu taktieren, den Ton anzugeben - und dies alles vor einem faszinierten Publikum. Nur, dies hier war Straßentheater, und insofern doch nicht der Rahmen, den sich Andreas für seine Auftritte gewünscht hätte. Von den Straßen durch die Stadt ging es hinaus auf die Landstraße, die direkt zur Grenze führte und zugleich Grenze war zwischen Ehrenfriedhof und Feld der Ehre. Und hier trennten sich Anna und Andreas, ohne daß es einer Absprache zwischen ihnen bedurft hätte, vom studentischen Heer. Denn was man auch tat - alles schien auch anders möglich, nichts schien mehr notwendig: Ob die Notstandsgesetze nun verabschiedet oder aber durch die Proteste verhindert würden, ob der Vietcong seine Offensive verstärkte oder die Amerikaner ihr Napalmbombardement, das eine wie das andere war möglich, das eine wie das andere war kaum nötig, um die Menschheit zu retten, nichts war wirklich zwingend, wirklich notwendig, weder hier noch dort. Andreas war nicht so weitblickend, daß er hätte vorausschauen können, wie schließlich alles, was heute in Majuskeln daherkam, irgendwann zu einer Marginalie im Buch der Geschichte schrumpfen würde. Er hatte aber ein Gespür für die Vergeblichkeit des augenblicklichen Tuns, also verließ er die Spur derer, die immer auf der richtigen Seite stehen und den andern weder verstehen noch vergeben können, und unternahm mit Anna seinen ganz privaten Feldzug querfeldein zum schützenden Graben, der sich beschaulich dahinschlängelte wie ein ausgetrocknetes Bachbett, ziemlich genau in der Mitte zwischen der Staatsgrenze, an der es gleich ziemlich unfriedlich zugehen würde, und dem Haus, in dem in diesem Augenblick Andreas' Frau das ganz friedlich dasitzende Kind fütterte. Sie hatte sich eine bunt geblümte Kittelschürze übergezogen, um ihre Bluse vor dem fröhlichen Karottenbreigepruste des Kleinen zu schützen. Den Arm hielt sie beim Füttern auf die Resopalplatte aufgestützt, die Andreas an der Küchenwand so angebracht hatte, daß sie bequem aufgeklappt und wieder aus dem Weg geräumt werden konnte. Andreas hatte sich auch sonst im Haus handwerklich verdient gemacht. Beispielsweise hatte er Kopf- und Fußende des Ehebetts mit einer Spiegelfolie überzogen und darauf allerlei Motive in den lebhaftesten Popfarben geklebt. Es war ein echt progressives Ehebett, das er mit seiner Frau teilte, die, wenn sie die Kittelschürze, die ominösen Pantoffel und einiges mehr abgestreift hatte, sich als ein ansehnliches Mädchen entpuppte, das den Beischlaf sehr artig und reinlich zu vollziehen verstand, nicht leidenschaftslos, aber doch mit einem Insichgekehrtsein, das phantasievolle Showelemente vermissen ließ. Sie bot keine Klaviatur, auf der sich pianoforte spielen ließ; heraus kam immer nur ein mezzo-mezzo, was durchaus auch an dem Pianisten liegen mochte, der so talentiert und geübt nicht war. Nun wäre es natürlich schön, wenn sich sagen ließe, Andreas habe einen Hauch des herbeigewehten Zeitgeistes verspürt, und sein ehebrecherisches Treiben im Schützengraben sei sein Grabenkrieg gegen eine kleinbürgerlich-spießige, autoritäre Gesellschaftsordnung gewesen, sein privater revolutionärer Akt also, zu verstehen als sein politisches Signal aus dem moosgepolsterten Untergrund. Vielleicht gab es Momente, in denen sein schlechtes Gewissen ihm edlere Motive einredete, aber im Grunde empfand er durchaus die Schäbigkeit seines Verhaltens.

Anna hatte nach dem Schützengraben-Intermezzo das Gefiihl, Andreas habe irgendwie sein Pulver verschossen. Vielleicht lag es ja auch an dem Zeck, der sie gezwickt hatte, daß sie die ganze Sache ziemlich verzwickt fand: Andreas, die Ehefrau, das Kleinkind und sie selbst, die Eckpunkte in einem Beziehungsviereck, das nie und nimmer eine runde Sache werden konnte. Vor der Haustür jeden Sonntag die einläutenden Glocken, die zum Gottesdienst riefen, in dem sie durch ihren Vater von der Kanzel zu einem christlichen Lebenswandel ermahnt wurde. Die Predigten des Vaters vertrugen sich so ganz und gar nicht mit den Texten der "Bibel" ihrer Generation, die die sexuelle Revolution predigten. Es war so schwer, gegen den Erzprotestanten zu revoltieren und gleichzeitig christlich bibeltreu zu leben. Aber wenn sie Andreas treu geblieben wäre, so wäre dies ebenfalls unchristlich gewesen. Warum dann nicht einmal einem neuen Testament folgen, das ihr den Bund mit wechselnden Liebhabern empfahl? Sie wußte Andreas angekettet, an den Wochenenden gehörte er nun einmal der Familie - sein Problem! Sollte sie seinetwegen wie angekettet im Pfarrhaus versauern und auf befreiende Ausflüge verzichten? Nein, es war an der Zeit auszubrechen und die Ketten dieser besitzergreifenden Liebe abzustreifen, mit denen Andreas sie zunehmend an sich zu fesseln trachtete, ohne bereit zu sein, die Fesseln seiner kleinbürgerlichen Ehe zu sprengen. Was also hätte sie sich vorzuwerfen? Er war doch mit seiner Treue zur Familie der eigentlich Treulose! Also hinauf mit den Kumpanen ins nicht allzu ferne raue Mittelgebirge, die Höhenluft geatmet und in der engen Hütte Höhepunkte genossen, die den Erfahrungshorizont weiteten! Immerhin war Anna dabei so loyal, daß sie kein "Hosianna" jubelte, was in der drangvollen Enge denn auch zu indezent gewesen wäre. Weniger dezent waren hingegen ihre Hinweise, die sie ganz bewußt inszenierte, um Andreas so ins Bild zu setzen, daß er sich weiterhin kein falsches Bild von ihr machen konnte, nein, er sollte wissen, daß sein Bild von der braven Pfarrerstochter, die nur die eine große, mit dem Blut der Defloration geheiligte Liebe kenne, ganz schlicht ein kitschiges Heiligenbildchen sei. Also legte sie im Hörsaal ihr Tagebuch auf das Pult neben ihr Vorlesungsprotokoll und ging eben mal hinaus. Andreas begann natürlich in den Aufzeichnungen zu blättern, die mit dem tumben Toren Parzival, von dem gerade des Professors Vorlesung handelte, nichts zu tun hatten. So wurde er selbst zum tumben Toren, der auf Annas listiges Arrangement hereinfiel und sie so als sündige Kundry kennenlernen sollte. Er las: "Die Baguettes unter den Arm geklemmt, Entenleberpaté, Wildschweinpaté mit grünem Pfeffer, Munster, Brie und Camembert in den Plastiktüten, zwölf Flaschen Pinot blanc in den Kühltaschen, die natürlich die Männer hinauf schleppen mußten ... die Hütte ist winzig und ziemlich verwittert, aber drin ist es ganz gemütlich, die Betten dicht nebeneinander und übereinander, ganz nette Match-boxen, die Matratzen allerdings mit etwas aufdringlichen Kampfspuren ... zur Quelle sind es gut hundert Meter, das Wasser auch zu dieser Jahreszeit lausig kalt, naja, wir werden eine Abkühlung gebrauchen können... nach dem Abendessen lesen wir reihum den "Schuß von der Kanzel", oh Gott, wenn mein Vater mich hier sehen würde, wäre er der Schütze und ich das Opfer!...Wir müssen uns die Betten teilen, gemischte Doppel...D. hatte mich den ganzen Tag schon angemacht, und als er mit dem Vorlesen an der Reihe war, legte er den Arm um mich und lehnte den Kopf gegen meine Schläfe, klar, daß ich neben ihm schlafen würde...Ich habe mich auf die Seite gelegt und ihm den Rücken zugekehrt." Andreas überfliegt diese Zeilen, um punktgenau auf dieser Stelle zu landen, die ihn allein interessiert. Jetzt liest er Wort für Wort, Silbe für Silbe: "Das Bett ist sehr schmal, und D. kann gar nicht anders, als sich mit Brust und Bauch gegen meinen Rücken zu drücken. Dazwischen aber ist noch genügend Platz für seine Hände, mit denen er sehr behutsam mein Höschen herunterzieht. Er tastet nach meiner Scheide, verirrt sich aber mit dem Finger an meinen After, ich zucke ein bißchen unwillig, leiste dann aber praktische Nachhilfe, indem ich nach seinem Glied greife, um es an die richtige Stelle zu manövrieren. Es ist wunderschön, so ganz für sich hingekuschelt zu liegen und sich einfach verwöhnen zu lassen. D. bewegt sich ruhig im Rhythmus unseres Atems, und neben uns und unter uns atmen alle gleichmäßig mit. Die Hütte ist jetzt eine Arche auf einer sanften Woge der Liebe. Keine wilde Rammelei, kein obszönes Stöhnen. Uns alle eint der gleiche Akt, mit dem wir einander in den Schlaf wiegen ... Jetzt habe ich mich doch tatsächlich in D. verliebt...Komisch, ich habe nicht ein einziges Mal an Andreas gedacht..." Anna ist zurückgekehrt und hat sich wieder neben Andreas gesetzt. "Findest du das fair?" tuschelt er zu ihr hinüber. "Ich weiß nicht, wovon du sprichst" flüstert sie zurück. "Seit wann nimmst du dein Tagebuch mit zur Vorlesung? Willst du hier öffentliche Bekenntnisse referieren?" zischt Andreas giftig. "Kaum verlasse ich für einen Augenblick den Saal, machst du dich über meine persönlichen Aufzeichnungen her. Ist das vielleicht fair?" entrüstet sich Anna, wenn auch sehr leise. "Entschuldige mal, das ist nun wirklich eine hinterfotzige Tour! Du hast mir doch hier in der Vorlesung etwas ganz bewußt vorgelegt, damit ich es lese. Du hast mir dein dubioses Manuskript doch regelrecht zur Lektüre untergeschoben! " "Wie kommst du denn da drauf?" "Für wie blöd..." Andreas hält ein, da er mit halbem Ohr ständig der Vorlesung folgt und nun gerade vernimmt: "Gurnemanz führt Parzival auch in das Wesen der minne ein, die zuht verlangt und maze, die höfische Zurückhaltung..." "Glaubst du", greift er sogleich begierig die Stichworte auf, "das gelte nur für uns Männer?" "Ist so Parzival von Vaterseite den Minnerittern zuzuordnen, so von Mutterseite der Gralssippe mit ihrem Merkmal der triuwe, ein Wort, das wir mit starken seelischen und religiösen Kräften geladen spüren müssen und am besten mit 'Hingabe' wiedergeben." "Ich", so ereifert sich Andreas in seiner Vorlesung, die er privatissime, also im Flüsterton, Anna hält, "ich bin dir wahrlich ganz hingegeben. Und von der Pfarrerstochter hätte ich ebenso eine fast religiöse Hingabe erwartet. Aber du hast der zuht die Unzucht vorgezogen und bist wohl auch noch stolz darauf, dich auf eine Weise zurückgehalten zu haben, daß dieser ominöse D. dir von hinten kommen konnte!" "Du bist vulgär!" "Und du machst dich ohne maze gemein!" "Viermal sehen wir Sigune in entscheidenden Augenblicken Parzival begegnen, alle vier Male in einer Haltung, die religiösem Vorbild nachgebildet ist: als Pieta mit dem Toten im Schoß, als Baumheilige auf der Linde, als Klausnerin, als hingeschiedene Heilige über dem Heiligtum kniend. Überall aber ist diese religiöse Trauer- und Bußgebärde zugleich Gebärde der trauernden Minne. Sie gilt keinem christlichen Kultgegenstand, sondern dem toten Geliebten." "Hast du's gehört, hast du's gehört?" ereifert sich Andreas. "Nun reg' dich aber ab! Du bist ja nicht gleich tot umgefallen, weil ich gerade mal ein Wochenende von dir abgefallen bin. Im übrigen denke ich nicht daran, in Zukunft auf einem Baum zu hocken oder mich in eine Klause zu verkriechen, während du es mit deiner Frau treibst! Die aventiure ist heute gottseidank nicht mehr allein Männersache!" Damit packt Anna ihre Sachen zusammen und verläßt geräuschvoll die Vorlesung, was der Professor indigniert mit einem "Etwas mehr diemuete, mein Fräulein, wenn ich bitten darf", quittiert, während Andreas ziemlich bedeppert sitzen bleibt als ein Parzival, dem die Schmähworte eines Knappen aus dem Heldenepos in den Ohren tönen. Das ist zu viel! Er springt auf und rennt Anna nach. Im Juristencafé wird sie hocken, um Ausschau zu halten nach einem zukünftigen Staradvokaten, der ihr auf ihre Bitte "Gebt mir rat, ich bin ein wib, das sünde hat" keine Moralpredigt halten, sondern mit Spitzfindigkeiten ihre Unschuld beweisen wird. Aber er, Andreas, wird diesem Burschen bezüglich seiner Sophisterei in nichts nachstehen! Er setzt sich zu Anna an das runde Tischchen, bestellt sich einen Cappuccino und tätschelt nervös den unschuldigen Milchschaum. "Was hättest du davon gehabt, wenn ich meine Frau belogen hätte, um mit dir das Wochenende auf der Hütte zu verbringen?" "Ich hätte endlich eine Nacht mit dir zusammen im Bett gelegen. Die Freilichtbumserei geht mir langsam auf die Nerven." "Und du glaubst, unsere Nachtschwärmerei wäre nie ans Tageslicht gekommen? Meine Frau ist vielleicht naiv, aber blöd ist sie nicht! Wegen dieser einen Nacht wären für unsere Beziehung womöglich für immer die Lichter ausgegangen! Schämst du dich nicht, meine Hilflosigkeit so auszunutzen? Ich kann unseretwegen meine Frau nicht so offen betrügen, wie du mich betrügst. Würde ich meine Frau so schamlos, so rücksichtslos, so ganz und gar unverfroren betrügen, wie du mich betrogen hast, würde ich ihr den Beweis meiner Untreue so frech auf dem Tablett servieren, sie würde es hinknallen, daß alles in Scherben am Boden läge - also auch unser beider Glück. Wärest du glücklich über den Ausgang eines solchen Scherbengerichts? Würde dein Schuldgefühl - und eine Mitschuld träfe dich ja wohl - es zulassen, weiter glücklich mit mir zu sein? Und dann deine Eltern! Wären sie bereit, einen Ehebrecher als den Partner oder gar Ehemann ihrer Tochter zu akzeptieren? Erkennst du nun, wie schmählich du meine Hilflosigkeit ausgenutzt hast, die darin besteht, daß ich nicht so offen betrügen kann wie du? Du weißt mich ohne Waffen, und nur deshalb hast du den Mut gehabt, mich so zu treffen. Ja, ich gebe im Augenblick eine ziemlich lächerliche Figur ab: den betrogenen Betrüger. Aber du solltest dich schämen!" Anna war so klug, auf eine Replik zu verzichten und sich ganz darauf zu beschränken, sich reuig zu zeigen, was Andreas sehr schnell besänftigte, zumal auch er klug genug war zu erkennen, daß er keine andere Wahl hatte, als Annas Reue zu akzeptieren, wenn er sie nicht verlieren wollte. Ein anderes Mal stand Andreas unter Annas weit geöffnetem Fenster. Die Ferien waren zu Ende, sie mußte längst von ihrer Reise zurückgekehrt sein, hatte sich aber immer noch nicht bei ihm gemeldet. Sie hatte sich ganz einfach weiteren urloup von ihm genommen, auch so eine frühmittelalterliche höfische Sitte, die doch eigentlich nur dem ritterlichen Mann zustand, der auf aventiure auszog, um die minne der frouwe zu erringen. Andreas sah in Annas verlängertem Urlaub hingegen eine Unsitte, insofern sie sich hinter jenem geöffneten Fenster ohne Zweifel ganz unsittlich einem Rivalen hingab, den er nicht zum Zweikampf herausfordern und stellen konnte. Aber es gelang ihm schließlich, Anna zu stellen und Rechenschaft von ihr zu fordern: "Das Pfarrhaus läßt sich also durchaus als Freudenhaus genießen, wenn man nur dreist genug ist einzudringen!" "Ich werde niemals in dich dringen, dich endlich scheiden zu lassen, dich ganz zu mir zu bekennen. Aber weißt du eigentlich, was du mir zumutest? Glaubst du, ich hätte nie unter deinem Fenster gestanden, wenn die Vorhänge zugezogen wurden und das Licht erlosch? Die Vorhänge zu und die entscheidende Frage kein bißchen offen: Jetzt liegt er auf seiner Frau, jetzt macht er ihr womöglich ein zweites Kind! Weißt du, was Eifersucht ist? Nicht die Angst vor dem Vergleich, die du vielleicht empfindest, wenn du an meine Liebhaber denkst. Als Frau rast und lärmt man nicht wie ein Othello. Meine Eifersucht hat nichts zu tun mit Begriffen wie Besitzergreifung und Revierverteidigung. Das sind deine Männerphantasien. Was mich schmerzt, hörst du, was mich zutiefst schmerzt, ist, daß du mich irgendwann verlassen wirst, daß ich ein Stück von mir verlieren werde, wenn du gehst, und du wirst fortgehen ohne mich, sei still, du hast ja längst davon gesprochen. Ich bin eifersüchtig auf deine Zukunft, auf dein zukünftiges Leben, das du nicht mit mir teilen möchtest. Das ist es: Ich bin nicht eifersüchtig auf eine andere, ich bin eifersüchtig auf dich, weil du mich nicht ganz Teil von dir selbst sein läßt. Meine Eifersucht ist, daß du entscheiden und handeln wirst, und daß ich nur zuwarten darf, wann es geschieht. Ich bin eifersüchtig auf deine Freiheit, die du dir nimmst und die mich so unfrei macht. Wenn ich mir einen Liebhaber nehme, dann deshalb, um endlich auch einmal zu handeln. Du bist nicht eifersüchtig auf diesen Mann, den ich zu mir eingelassen habe, du bist allein eifersüchtig auf die Freiheit, die ich mir genommen habe. Du willst mich besitzen und von dir stoßen nach deinem Belieben. Aber damit, mein Lieber, ist Schluß!" Andreas schwieg, denn gegen Annas Vorhaltungen half keine Sophisterei. Er würde nach dem bevorstehenden Abschluß seines Studiums seine Lehr- und Wanderjahre womöglich allein durchleben, dort, wo sich ihm ein erstes und spätere Engagements an irgendwelchen Theatern bieten würden. Und Anna könnte und würde ihn nicht begleiten. Nein, sie würde seinem Aufbruch zuvorkommen: mit ihm brechen, bevor er ihr mit seinem Weggang (mit oder ohne seine Familie) das Herz brechen würde.

Ein Gabriel, ein wahrer Visionär, hatte seit einiger Zeit Dienst im Pfarrhaus getan, indem er allzeit als rechte Hand von Annas Vater liebedienerisch fuchtelte, um sich nach seinem Theologiestudium auch in der gemeinen Gemeindearbeit zu üben. Und dieser Gabriel hatte Anna verkündet: "Zieh' mit mir und du wirst des Freude und Wonne haben!" Andreas hatte von dieser Verkündigung nie etwas erfahren, da Anna ihm nie eingestanden hätte, daß sie, die eifernde Kämpferin gegen seine besitzergreifende Liebe, nun doch eines Herren Magd sei, und daß mit ihr nun geschehe, wie dieser Herr es befohlen habe. Sie verschwand ganz einfach, indem sie in Gabriels käfergleiches Auto stieg und davon fuhr. Andreas bastelte sich verzweifelt-hilflos einen Nachruf zurecht: Ich stürme das Pfarrhaus, ich bestürme ihren Vater, Anna, der Treulosen, mit der ich doch so gut wie verlobt bin, zu befehlen, sofort ins elterliche Pfarrhaus zurückzukehren, daß dies schließlich ihre verdammte Christenpflicht ist, werde ich ihm sagen, daß es unchristlich ist, sich so einfach ins Nichts aufzulösen, daß es eine Wiederkehr geben muß auch für die verlorene Tochter, damit man sie empfangen kann mit weit geöffneten Armen, damit ich sie umfangen kann, ihr um den Hals fallen, sie küssen und zu ihr sprechen kann: "Du warst tot für mich, aber du bist wieder lebendig geworden, du warst verloren für mich, aber ich habe dich wieder gefunden. Zieh' nun dein bestes Kleid an, damit ich dich zu einem Festmahl führe und wir wieder anfangen, miteinander fröhlich zu sein! Und dann laß uns gemeinsam unser 'Hosianna' jubeln!" Aber da ist kein Stürmen und Drängen - wohin auch. Andreas sitzt da wie angeleimt. Anna hat ihn angeleimt. Wann wird sie wiederkehren, ihn zu erlösen?

2. Kapitel

Andreas' Lehr- und Wanderzeit währte gerade einmal sieben Jahre, denn im verflixten siebten Jahr kam es zur großen Krisis, die nach der Scheidung von Weib und Kind letztlich auch zu seiner Scheidung vom Theater führte. Der kritische Höhepunkt seiner Karriere, der gleichzeitig für ihn zu einem Wendepunkt werden sollte, war aufgedonnert theatralisch: Der Generalmusikdirektor zerbrach seinen Marschallstab und warf die Teile mit einer Gebärde, als wolle er ein unerhörtes Fortissimo herausfordern, aus dem Orchestergraben hinauf auf die Bühne: "Diese Inszenierung ist eine einzige Verhöhnung Mozarts." Damit war die Orchesterhauptprobe beendet und die Première abgesetzt. Was, um des Himmels willen, hatte Andreas denn so Himmelstürmerisches getan, daß der Theaterhimmel durch des Generals Gedonnere einstürzen mußte? Andreas war der Mode der Aktualisierung des Mythos gefolgt und hatte ziemlich mutwillig einige Rezitative mit neuen Texten unterlegt und ganze Dialogpassagen eingefügt: Radikale pazifistische Tiraden, die den Krieg um Troja als ausgelebte Männerphantasien entlarven und brandmarken sollten. Während der gesprochenen Passagen begann der arbeitslose Taktstock in der Hand des zum Stillhalten verurteilten Generals bereits zu vibrieren. Es war nur zu ersichtlich, daß dieses Vibrato Vorbote eines mittleren Erdbebens war, das den Orchestergraben gleich in eine Art Andreasgraben verwandeln würde, wovon Andreas selbst noch nichts ahnte. Was das Erdbeben noch einmal hinaus zögerte, war die von Andreas gnädig in den Dialogwust eingeschobene Arie des Idomeneo. Aber der die Arie begleitende Maestro forderte von seinem Orchester solch übertriebene Sforzati, daß diese plötzlichen und sehr willkürlichen Betonungen doch schon als ein Rumoren gedeutet werden konnten, das nahendes Unheil zu verkünden schien. Nach der Arie neuerliche wüste Sprachbilder zur Verurteilung aller Kriege. Diese verleumderischen, denunziatorischen Anklagen gegen die Wehrmacht fand der General einfach zum Kotzen. Er war damals doch dabei gewesen, er kannte die Wahrheit. War er im Schützengraben nicht quasi durch die Hölle gekrochen? Mußte er sich die Schreckensbilder wirklich noch einmal anschauen vom Orchestergraben aus? Was, zum Teufel, hatte das mit Mozarts himmlischer Musik zu tun? Er spannte den Taktstock zwischen den Daumen und Zeigefingern zu einem Bogen, daß man das Holz unter dieser Spannung zu knistern hören glaubte. Violinen und Celli gingen vorsichtshalber schon einmal in Deckung. Und weiter ging's mit gesprochenem Text.

Idomeneo: Schlappe, verwöhnte Nachkriegsgeneration, hockt wohlversorgt und sorgenlos auf dem Hochsitz der Moral. Da läßt sich fein Nabelschau halten und mit dem Finger auf uns zeigen: Ihr bösen Faschisten, alles habt ihr erst kaputt gemacht und dann auf eure korrupte Weise wieder aufgebaut, kalt und lebensfeindlich, um so alles noch einmal zu zerstören. Wir sind nicht eure Väter, sondern eure Mörder, nicht wahr? Mein Sohn, der Drückeberger und Hosenscheißer, dessen Angst vor dem Krieg offenbar stärker ist als die Liebe zur Freiheit! Wie ich mich schäme für dich und deinesgleichen, die ihr in Turnschuhen durch die Straßen latscht und euch an brennende Kerzen klammert! Das Vaterland geteilt! Die östliche Hälfte besetzt von diesen roten Tyrannen! Ja glaubst du, Ost und West füge sich ganz von selbst friedlich zusammen, weil es nun einmal zusammen gehöre? Politikergeschwafel! Feig und folgenlos! Jämmerliches Vorbild für eine jämmerliche Jugend mit ihren pazifistischen Signalen: Kerzen und Turnschuhe! Besser, ihr zieht die Stiefel über und marschiert mit der Waffe in der Hand nach Osten, die Schandmauer, dieses schändliche Bollwerk der roten Tyrannen niederzureißen, unsere Brüder und Schwestern zu befreien!

Idamantes: Marschieren, marschieren und weiter marschieren, bis alles abermals in Schutt und Asche zerfällt im gigantischsten Ringen aller Zeiten! Dahin führt euer Wahn!

Das ging doch gegen ihn, den Maestro, der als autoritär verschrieen war. Ich werde es dem präpotenten Bürschchen zeigen, wer hier das Sagen hat: Prima la musica, doppo le parole! Der greise deutsche Kapellmeister hatte den Schnauzbart dreifach gestrichen voll. Was folgte, ist bereits gesagt. Man muß den alten Herrn schon ein bißchen verstehen. Mit diesem Dialog wurde Mozarts Seria bei allem ernsthaften Bemühen, das man Andreas zugestehen muß, doch reichlich mühsam überfrachtet. Aber der Dialog zeigt auch, wie in jenen Jahren oftmals die gute Gesinnung ins Unkraut schoß. Andreas war natürlich wütend, als der Stab so demonstrativ über ihm zerbrochen wurde, er fand das Zerbrechen des Taktstocks nicht nur taktlos, sondern absolut diskriminierend. Empört und wutentbrannt schrie er in den Orchestergraben: "Sie alter Kacker, Scheiß-Reaktionär", womit er natürlich das Grab seines Engagements geschaufelt hatte. Es folgte die fristlose Kündigung, was ihn dazu bewog, in der lokalen Presse zu verkünden, daß sich in der Provinz nun einmal kein progressives, politisch engagiertes Musiktheater machen ließe.

Die unfreiwillige Schaffenspause verschaffte ihm den Einblick in ein politisches Theater ganz besonderer Art. Bei einer Bahnfahrt, die er unternahm, um sich bei einer rheinischen Bühne zu bewerben, kam er ins Gespräch mit einem Mädchen, das von seinem theatralischen Sendungsbewußtsein so hingerissen war, daß sie sich dazu hinreißen ließ, den Unbekannten sofort mit nach Hause zu nehmen. Und dies war nun wirklich kein gewöhnliches Haus, sondern ein ganz und gar ungewöhnliches, eine Festung, eine reale Theaterkulisse, hinter der reale Macht zuhause war. Höchst merkwürdig, daß Andreas seinen Personalausweis vorzeigen mußte, um überhaupt erst einmal das Gartentor passieren zu dürfen! Dann entdeckte er hinter den Büschen einen kleinen Mannschaftsbus, hinter dessen Scheiben Monitore flimmerten, die in schnellem Wechsel Bilder von jeder Hausecke zeigten. Gräben waren ausgehoben und Sandsäcke aufgeschichtet. Er war im Begriff, geleitet von dem Mädchen, das offenbar eine Tochter des Hausherrn war, die Villa des amtierenden Innenministers zu betreten. Der schwarze Zerberus, der drinnen grimmig kläffte ("Hier kommt mir kein fremdes Gesindel herein!"), entpuppte sich als höchst liberales Haustier, das den unbekannten Gast umschwänzelte und ihm sogleich freundschaftlich die Hände leckte. Andreas wurde in das Kaminzimmer geführt, wo zart kolorierte Guckkastenbilder barocke, üppig überladene Opernszenen zur Schau stellten; es waren weitgehend Darstellungen, die eine zeitgenössische Aufführung von Händels "Giulio Caesare" illustrierten. Andreas fühlte sich in der fremden Umgebung sogleich in seiner Welt, die er amüsiert zur Kenntnis nahm, denn natürlich war es eine Welt, die er als Regisseur durch seine aktualisierende Vereinnahmung zu seiner Welt umzumodeln beliebte. Die Dame des Hauses entpuppte sich als eine dralle, handfeste, äußerst bodenständige und liebenswert-fürsorgliche Hausfrau: "Ihr habt sicher Hunger, ich mache euch gleich etwas zum Essen." Am späten Abend, eigentlich schon in der Nacht, erschien der Hausherr, nachdem die Kabinettsitzung länger gedauert hatte als von seiner Frau erwartet. Es war eine

Krisensitzung. Man schrieb das Jahr 1977, und dies war ein trauriges, hoffnungsloses Jahr: Der Verkünder des Prinzips Hoffnung war gestorben und auch der Vater des Wirtschaftswunders. Aber viel schlimmer waren die Morde, die das gesamte Wirtschaftssystem umzubringen trachteten, und die mörderischen Terroristen glaubten, auf den prominenten Leichen ihre fanatische Hoffnung auf eine radikal veränderte Gesellschaft gründen zu können. Andreas erkannte den Hausherrn sofort wieder; er schien kaum gealtert. Jetzt, da er für einen ganz kurzen Moment im Rahmen der Wohnungstür innehielt, erinnerte Andreas dies an die Szene, als dieses beeindruckende Mannsbild als sein eigener Türsteher vor dem Rektorat mit imponierender Geste und Donnerstimme den aufgeregten schmalbrüstigen Revoluzzern, deren langes Haar ihrem Eifererturn eine religiöse Aura verlieh, und die sendungsbewußt seine Amtsräume zu besetzen trachteten, verkündete: "Hier kommt mir keiner herein!" Seine körperliche und geistige Statur hatten bewirkt, daß ihm selbst sich sehr schnell alle Türen geöffnet hatten, daß er zwar zunächst durch einen Seiteneingang ins Kabinett gelangt, aber schließlich doch als ordentlicher Minister in die Runde aufgenommen worden war. Er ging mit offenen Armen auf Andreas zu und begrüßte ihn so herzlich, als seien sie gute Bekannte oder gar Freunde aus früheren gemeinsamen Zeiten, dabei war ihm Andreas in Wahrheit völlig unbekannt. Die innenpolitische Lage war äußerst angespannt, und die Kabinettssitzung, die sich bis in die späten Abendstunden hingezogen hatte, war ganz den drohenden weiteren Terroranschlägen gewidmet, deren Verhinderung dem Minister oblag, wozu diesmal aber kein couragiertes Auftreten mit eigenem Körpereinsatz genügen würde wie bei jenem studentischen Palaver. Dennoch wirkte der Minister mehr entspannt als abgespannt. Er ließ seinen massigen Körper in den Sessel neben dem Kamin fallen, nachdem er ein Holzscheit näher an die Glut herangerückt hatte, beugte dann seinen Oberkörper nach vom, spreizte leicht die Beine und ließ die Arme locker zwischen den Knien hinunterbaumeln. Dann schloß er die Augen, und Sekunden später war nur noch sein dröhnendes Schnarchen zu hören. Andreas war fasziniert. Nun gut, draußen war eine moderne Wagenburg errichtet worden, eine elektronisch und auch sonst hochgerüstete Spezialeinheit schützte den schlafenden Koloß, aber hier drinnen, direkt neben ihm, saß immerhin irgendein Hergelaufener, ein fragwürdiges Subjekt, das zwar von seiner Tochter angeschleppt worden, aber noch kaum befragt worden war und bisher so gut wie keine Auskünfte gegeben hatte. Diese Konstellation führte die Hysterie draußen im Lande irgendwie ad absurdum. Andreas genoß die absolut realistische Szene, die im Rahmen eines Schauspiels als dramaturgischer Nonsens gegolten hätte. Es waren keine fünf Minuten vergangen, und der Minister war aufgewacht und schien vor Energie zu bersten. "Hast du ein paar Erdnüsse für mich? Ich hol' schon mal die Gläser und mach' den Wein auf" Die Ministergattin stellte einen antiken Zinnteller, gefüllt mit ungeschälten Erdnüssen, auf einen Beistelltisch, den sie zwischen die Beine des pater familias schob, der sich sogleich mit seinen Pranken über das ansehnliche Häufchen hermachte. Andreas verfolgte zunehmend fasziniert, wie wieselflink die massigen Glieder dieser Pranken die Erdnußschalen aufbrachen und die Kerne bloßlegten. Im Nu hatte sich ein Haufen leerer Schalen aufgetürmt, der das ursprüngliche Häufchen um ein Vielfaches überstieg. Ähnlich war es mit der Rede des Ministers. Er türmte mit gleicher Geschwindigkeit und gleichem Geschick die Worthülsen aufeinander. Ein kleiner gedanklicher Kern genügte, um groß angelegte Exkurse aufeinander zu türmen und die Sprecherrolle zu behaupten. Und um klarzustellen, daß es sich hier um ein Einpersonenstück handele, bei dem naturgemäß ein Dialog ausgeschlossen sei, fügte er in seinem mäandernden Monolog ständig entsprechende Signale ein: "Jetzt darf ich Ihnen mal was erzählen...Ich sage Ihnen einmal, wie es wirklich ist...Wenn ich Ihnen mal was sagen darf...Falsch, völlig falsch, wenn Sie jetzt denken würden...Passen Sie auf, Sie müssen das doch selbst genau sehen...Schauen Sie, es ist doch so...Es ist doch ganz klar...Aber schauen Sie, das weiß doch jeder...Das alles brachte er in einem solch sonor-jovialen Ton vor, daß sich Andreas unter dieser wohltönenden Glocke gleichsam in die Familie aufgenommen fühlte und den Redner widerspruchslos als pater familias anerkannte, wie seine Abnickfamilie dies ganz selbstverständlich tat.

"Ihr Drei-Zeiten-Ansatz (In welcher Zeit spielt die Oper, wann wurde sie komponiert, was bedeutet sie für unsere Zeit, in der sie aufgeführt wird?) ist ja durchaus akzeptabel, aber wenn Sie in Ihrer Inszenierung Julius Caesar in Verbindung bringen mit den Diktatoren unserer jüngeren Geschichte, dann zerstören sie mutwillig die Liebesgeschichte, denn Cleopatra hat Caesar wirklich geliebt, das verkündet doch jede ihrer Arien. Es wäre falsch, völlig falsch, in diesem großen Staatsmann und Feldherrn gewissermaßen den Urahn aller Diktatoren mit pervertierten Machtgelüsten zu sehen. Schauen Sie, es ist doch so: Politische Macht ist beileibe kein Aphrodisiakum und auch kein Köder, keine süße Lockspeise, das weibliche Geschlecht schwach zu machen. Ich sage Ihnen einmal, wie es wirklich ist: Mit Caesar und Cleopatra begegnen einander zwei gleich starke Persönlichkeiten, bereit zu gegenseitiger Hingabe, da ist kein politisches Kalkül. Es ist doch ganz klar, daß die beiden völlig vergessen, wer sie öffentlich sind, daß sie bei ihren Begegnungen ganz selbstvergessen nichts anderes sind als Mann und Frau. Hören Sie auf die Musik, hören Sie auf Cleopatras lieblichen Gesang ('Alles kann Schönheit erreichen, Liebeszeichen müssen Aug' und Lippen geben'), dann wissen Sie, daß ich recht habe! Passen Sie auf, Sie müssen das doch selbst genau sehen, wie heute lustvoll jede Autorität demontiert wird, und das beginnt damit, daß an historischer Größe herumgekrittelt und eifrig gekratzt wird aus Selbsthaß, aus Haß auf die eigene Mediokrität. Früher hieß es einmal: 'Illum opportet crescere, me autem minui' , heute macht man die wirklich Großen klein, um größer zu erscheinen als der Kleingeist, der man tatsächlich ist. 'Aut Caesar, aut nihil' - das war einmal der Wahlspruch eines wirklichen Aufbruchs! Was Sie offenbar inszeniert haben, lief wohl unter der Losung: 'Verdammen will ich Caesar, nicht ihn preisen!' Was haben Sie damit für sich gewonnen? Wohin sind Sie damit aufgebrochen? Am Ende sind Sie mit Ihrer Inszenierung doch nur eingebrochen! Den Sieger demontiert und damit selbst verloren! Und jetzt? Jetzt sind Sie kleinmütig auf Stellensuche! Weit weg von einem Caesar und ganz nah einem Nihil. Hätten Sie sich als ein werktreuer Interpret bewährt, wären Sie Caesar und Cleopatra gerecht geworden, hätten das Publikum für Ihre Arbeit gewonnen und stünden selbst als Gewinner da." Andreas überkam eine große Lust, der Provokation seines inneren Ensemblemitglieds "anarchistischer Chaot" nachzugeben und auf die Totschlagargumentation des Ministers mit einem Totschlag zu reagieren, womit er vom nihil zum Caesar triumphans emporgestiegen wäre, denn was gibt es einen größeren Triumph, als den Gegner zu überleben! Diesem Pompeius eine Caesarische Krokodilsträne nachgeweint und dann seine Tochter (es mußte ja keine Cleopatra sein) gevögelt - am besten vor der Haustür in einem dieser Gräben, die ihn stark erinnerten an jenen Schützengraben, zu dem er damals vom Rektorat aus mit Anna gezogen war, nachdem sie aus dem

Demonstrationszug, der auch gegen diesen zukünftigen Minister gerichtet war, ausgeschert waren. Ach, was scherte er sich jetzt um dessen Geschwätz! Und was sollten diese blöden Assoziationen, mit denen er sich gemein machte mit jenen Männerphantasien, gegen die er doch so vehement aninszeniert hatte! Nach seinem kulturtheoretischen Solo machte der Minister jetzt zunächst einmal den ganz praktischen Herbergsvater: "Kommen Sie, wir holen eine Matratze für Sie." Und jetzt lernte Andreas diesen Herrn als einen höchst liberalen Hausgeist kennen. Gemeinsam schafften sie die Matratze aus dem Keller in das Zimmer der Tochter, die mit übergeschlagenen Beinen, die in von ihr selbst gestrickten Leggins steckten, amüsiert verfolgt hatte, wie ihr Vater wieder einmal demonstrierte, daß ihm keiner das Wasser reichen kann. Der Vater öffnete die Tür zum Zimmer seiner Tochter, und Andreas konnte mit schräg gehaltenem Kopf an der angehobenen Matratze vorbei einen ganz und gar vergeblichen Orientierungsblick in das geöffnete Chaos werfen. Wohin, bitte schön, sollte da die Matratze abgelegt werden? Schlüpfer, Büstenhalter, Socken, T-Shirts - alles lag kunterbunt durcheinander auf dem Boden. Diese Tochter mußte eine heimliche Sympathisantin der Terroristen sein! Das Chaos an die Macht! Aber der Vater schob mit dem Fuß ganz seelenruhig einen Straps beiseite, gab den ungeputzten Pumps mit dem Absatz einen leichten Tritt, um weiter Platz zu schaffen, lupfte mit der Fußspitze einen Pulli und ließ ihn Richtung ungemachtes Bett der Tochter segeln. Dieses Bett besaß einen gewissen Charme, indem es Andreas an eine bekannte Zeichnung (schwarze Kreide auf Papier) erinnerte, die um 1845 entstanden und mit "Ungemachtes Bett" betitelt war. Ja, es sah ganz so aus, als ob dieses Bett damals Modell gestanden habe und seitdem ungemacht geblieben war. Die Matratze für Andreas bildete, nachdem sie auf dem frei geschubsten Boden abgelegt worden war, eine Insel, auf der die Stockflecken blühten, die einen muffigen Duft verströmten, obwohl ansonsten die ganze Aktion vom Geist einer durchlüftenden Liberalität geprägt war. Minister und fremder Gast kehrten, nachdem sie sich in ihrer tragenden Rolle näher gekommen waren, ins Kaminzimmer zurück, um wieder in die Rollen von selbsternanntem Lehrmeister und unfreiwilligem Schüler zu schlüpfen, während die Frauen den stummen Chor bildeten. "Schauen Sie, es ist doch so: Nur ein starker Staat kann sich selbst schützen. Ich bin ein strikter Verfechter der bürgerlichen Individualrechte, ich bin fest davon überzeugt, daß der Staat seinen Bürgern nicht ins Schlafzimmer zu gucken hat, aber bei dieser Bande geht es ja nicht um ein Chaos aus Unterwäsche, sondern um ein Chaos, das aus dem Untergrund sich ins gesamte Staatswesen auszubreiten hofft." "Die 'Bande' im Untergrund hat vielleicht einen utopischen Begriff vom Menschen, der für sie immer noch ein homo absconditus ist, ein Wesen, das sich generell noch im Untergrund verbirgt als ein verborgenes Wesen, das noch ungeworden ist, ein Wesen mit bislang unerschienenem Menscheninhalt. Sie suchen nach der Essenz ihrer Existenz, und damit vielleicht auch nach einer neuen Essenz unserer Gesellschaft." "Das ist ja amüsant, Sie wollen mich mit Begriffen meines hochverehrten verstorbenen Freundes traktieren, von denen Sie nichts verstehen! Zur Sache: Diese Bande setzt sich zusammen aus ungeselligen Gesellen, die auf Geselligkeit mit der Gesellschaft keinerlei Wert legen, sie lassen sich nicht vergesellschaften, sondern nehmen es sogar in Kauf, ihre wilde Freiheit in einem Maße auszuleben, daß sie auf Dauer nicht einmal selbst nebeneinander bestehen können, geschweige denn neben der Gesellschaft. Sie werden sehen, am Ende bringen sie sich einander um, oder jeder besorgt das für sich selbst. Jedenfalls werden sie ihre Freiheit nicht unserem Rechtsgesetz unterwerfen, und das gibt uns das Recht, sie mit allen rechtsstaatlichen Mitteln zu bekämpfen - auch mit einem sogenannten Lauschangriff, den ich befürwortet und angeordnet habe! Wer als Vernunftsubjekt sich der Vernunftnotwendigkeit nicht selbst unterwirft, den muß man zur Vernunft zwingen." „Sie sähen es wohl lieber, diese Radikalen ruinierten sich, indem sie sich einer unpersönlichen Pflicht opferten. Warum sollten sie nicht das Recht haben, sich ihre eigene Tugend zu erfinden und mit dem Ruf 'Werde selbst!' ihrer Selbstverwirklichung zuzustreben?" "Da hält der Theatermann ein Plädoyer in eigener Sache im Glauben an seine Einmaligkeit und Einzigartigkeit! Dieser krankhafte Zwang, mit jeder Inszenierung etwas absolut Neues schaffen zu wollen! Der einmalige Künstler, der Einmaliges tut! Die Subjektivität des Subjekts! Ich will! Und über mir gibt es keinen Intendanten und schon gar kein Publikum! Kein Steuerzahler, kein Kulturpolitiker vermag dir irgendein Recht zu geben. So nimm dir dein Recht! Der Interpret ist in einem radikalen Sinne autonom, alle künstlerische Freiheit, die er sich nimmt, entspringt seinem Sein als Künstler, ohne daß es der Zusprechung von irgendeiner Instanz von außerhalb bedürfe. So diktieren Sie die Erhaltungs- und Steigerungsbedingungen Ihres eigensten Seins - mit dem bekannten Mißerfolg, den Sie uns ehrlicherweise gestanden haben. Der Haß gegen die Mittelmäßigkeit ist nicht nur eines Philosophen, sondern auch eines Künstlers unwürdig, denn auch er hat allem Mittleren den guten Mut zu sich selber zu erhalten. Seien Sie gnädig mit sich selbst! Sie scheinen mir in Ihrer Originalitätssucht von der berühmten Sorge um den Rang beunruhigt zu sein. Wissen Sie, daß man dabei sich selbst und sein Selbst-seinkönnen vergessen und verfehlen kann? Diese Terroristen im Untergrund plagt letztlich doch auch nur die Sorge um den Abstand, sie sind besorgt um den Unterschied gegen die

Anderen, und das sind in ihren Augen nun einmal vor allem die Bürger und Kapitalisten. Diese Anderen gilt es niederzuhalten, am besten, indem man ihre Protagonisten abknallt oder in die Luft sprengt - absurde Sprengsätze zur Steigerung des eigenen Daseins! Gab es nicht einen Avantgardisten, der die Opernhäuser in die Luft sprengen wollte? So weit seid ihr Künstler und jene Terroristen also gar nicht auseinander!" Andreas fühlte sich ertappt. Er schaute in die kleine Runde und sah die Gesichter, die nur das Eine auszudrücken schienen: Gib dich geschlagen, sei ein guter Junge und laß dich von unserem pater familias heimholen ins Ordentliche. "Was sollte ich Ihrer Meinung nach tun?" fragte er sehr leise und kleinlaut wie der zurückkehrende Sohn, der eigentlich schon verloren war. "Wollten Sie denn wirklich jemals Schauspieler werden oder Regisseur oder Intendant oder gar Kulturdezernent oder Kultusminister? Oder wollten Sie - mein Gott, Sie sind noch so jung - ganz einfach nur frei sein? Zur Freiheit führt nur ein Weg: Nichtachtung all dessen, was nicht in unserer Macht steht. Würden diese menschenverachtenden Bombenleger erkennen, daß es Grenzen der Autonomie des Selbst gibt, daß eben nicht alles in unserer Macht steht, so hätten sie von der Freiheit, die sie so gar nicht verstehen, wenigstens etwas begriffen und teilten mit den Göttern ihre Macht, indem sie ihrer selbst mächtig wären. So aber laufen sie in ohnmächtiger Wut Amok. Was ist das für eine Rolle? Da haben ein paar Teufel sich entschieden, aus der Rolle zu fallen. Aber man kann nicht ungestraft aus der Rolle fallen! Und man kann nicht jede Rolle ungestraft übernehmen, man kann sie sich nicht einmal selbst auswählen, das wissen Sie als Theatermann doch sehr genau. Der Theaterdirektor bestimmt die Besetzung, und uns bleibt nur, die zugeteilte Rolle gut durchzuführen. Übernimmst du eine Rolle, der du nicht gewachsen bist, so wirst du dich damit nicht nur bloßstellen, sondern darüber auch das versäumen, was du hättest tun können." "Das ist doch paradox! Einerseits muß ich die Rolle übernehmen, mit der mich der himmlische Theaterdirektor besetzt, andererseits soll ich sie im Zweifelsfall nicht übernehmen, um keine Fehlbesetzung zu sein! Auf dem Theater habe ich diese Freiheit, aber doch nicht im Leben!" "Ihnen bleibt die Freiheit zur Notwendigkeit. Was allein in Ihrer Gewalt steht, ist die Erfüllung oder Nichterfüllung der Ihnen zugefügten Rolle. " "Und wenn ich die Rolle einfach zurückgebe?" "Ach, Sie würden wohl gerne heute Theater spielen, morgen sich als Redner produzieren und übermorgen den Philosophen geben. Aber wahrscheinlich nichts von alle dem mit ganzer Seele. Wie ein Affe ahmt solch ein Mensch alles nach, heute gefällt ihm dieses, morgen jenes. Mensch überlege doch, worum es sich eigentlich handelt: Du mußt ein ganzer Mensch sein, der nicht nur seine Rolle erfüllt, sondern sich selbst in ihr erfüllt! Sonst wirst du mit Schande aufhören. Ich habe den Verdacht, Sie wollen mit Ihrer Originalitätssucht keine tiefere Wahrheit befördern (in Wahrheit ist Ihr Giulio Cesare-Inszenierungskonzept doch verlogen!), sondern lustvoll neben dem Allgemeinen leben als interessanter Außenseiter. Versuchen Sie doch einmal, das Besondere im Allgemeinen zu leben, dann wird das Publikum Sie verstehen und lieben." Andreas fühlte sich tief getroffen. "Ich werde darüber nachdenken", sagte er folgsam und bat, die Nachtruhe dafür nutzen zu dürfen. "Nun lassen Sie bloß den Kopf nicht hängen. Sie werden schon ein Engagement finden. Gute Nacht. "

"So ist mein Vater nun einmal. Am Abend macht er dich zur Sau, und am nächsten Morgen wachst du auf wie neu geboren. Komm zu mir ins Bett, ich mag nicht, wenn man mir zu Füßen liegt." Andreas dachte: Wenn der Alte mir schon die

Rolle des Lovers seiner Tochter zudiktiert, indem er mich in ihr Zimmer verfrachtet, dann will ich wenigstens nicht aus dieser Rolle fallen, und artig akzeptierte er die Besetzung, indem er Bett und Tochter in Beschlag nahm. In dieser Nacht träumte Andreas, er spiele in einer szenischen Fassung der Erzählung "Ein Bericht für eine Akademie" den Affen, und natürlich war der Herr Minister, jener ehemalige Universitätsrektor, der Vorsitzende dieser Akademie. Und Andreas gibt als Affe diesem Affen Zucker: "Ja, ja, ich vergesse alle meine idealistischen Ambitionen. Sie haben ja so recht!" "Was werden Sie tun?" fragt ihn der Herr Vorsitzende. "Oh, mir schwebt ein höchst lukratives Theater vor." "Aber Sie sind doch gerade wieder dabei, den Affen zu spielen, den bloßen Nachahmer also, der kein Konzept hat, das auf die Notwendigkeit seines Tuns schließen ließe. Mit Ihrem äffischen Gehabe gerieren Sie sich abermals lediglich als interessanter Außenseiter." "Äffisches Gehabe? Außenseiter? Sie irren, Herr Minister! Ich kenne die Affen und ich werde ihnen Zucker geben - und wenn ich mich selbst dabei zum Affen mache. Sie werden mir aus der Hand fressen, die Affen, und ich werde dabei endlich nur noch profitieren. Ende der brotlosen Kunst!"

3. Kapitel

Als Andreas beschloß, seinen Traum zu realisieren und also seine Karriere als Theaterregisseur zu beenden (Schluß mit der Katharsis, jener mystischen Reinigung, jener Feier der Läuterung der Leidenschaften, und stattdessen die Feier ökonomischer Erfolge), da feierte Anna im selben Jahr ihren elften Hochzeitstag. Damals, vor einem Dezennium also, war alles sehr schnell gegangen: Verlobung am Ostersonntag und eine Woche später, am Weißen Sonntag also, die segnenden Hände des Vaters auf den sorgfältig frisierten Scheiteln des Brautpaares. Schon drei Monate später sog ein Knäblein Annas lautere Milch. Den Vater dieses Knaben hatte Anna bekanntlich im Pfarrhaus kennen gelernt, wo der studierte Theologe die Gemeindearbeit (die alltägliche seelsorgerische Arbeit) in praxi studierte. Der Herr Pfarrer hatte sich da den Teufel ins Haus geholt, der Bursche hatte tatsächlich etwas Luziferisches. Ihn zierte der Charme des Häßlichen. Das Bocksfüßige, häßlich Entstellende stand ihm ins Gesicht geschrieben, genauer: auf seine Unterlippe, auf der sich zwei gierige Raffzähne gelagert hatten, immer bereit, von dort aufzuspringen und zuzuschnappen. Dies geschah natürlich in aller Regel rein verbal. Andauernd riß er das Wort an sich und verteidigte seine Sprecherrolle und seine Argumente, wenn nicht mit Klauen, so doch mit diesen Zähnen. Er war ein Lehrersohn und war von der Berufskrankheit des notorischen Besserwissers in der Phase seiner Sozialisation so infiziert worden, daß der Ergebnisbefund nur lauten konnte: rücksichtsloser Egoist. Dabei war er durchaus gesellig, nur war von fortschreitender Humanität dabei wenig zu spüren. Was ihn denn zum Theologiestudium getrieben haben mag, ist von daher kaum zu ergründen. Ein Grund mochte darin liegen, daß er mit seinen Eltern aus dem lähmenden Stillstand Ostdeutschlands, wo man ihm noch die Anfangsgründe einer neuen und besseren Ordnung in sein kindliches Hirn gepflanzt hatte, in die bewegten Sechziger Jahre der Bundesrepublik geflohen war, eine Flucht, gegen die er mit einer Vernunftreligion, einer weiter fortwirkenden großen sozialen Idee opponierte, die auch Opposition gegen den Vater war, der diese Idee verraten hatte. Von dieser profanen Vernunftreligion war es dann kein allzu großer, wenn auch spätpubertärer eigensinniger Schritt, die erhaltene Jugendweihe durch eine christliche Taufe zu entweihen, denn die evangelische Theologie, die sich in der Entmystifizierung der Urlehre gefiel ("Auferstehung Christi - das heißt, die Sache Christi geht weiter"), war selbst auf dem Weg zu einer Vernunftreligion und half mit dieser Marschrichtung diesem gern etwas laut tönenden Erzengel Gabriel (dies sein uns ja schon bekannter Name nach dem Boten und Helden Gottes, der dessen Urteile aufzeichnet und vollzieht) erneut posaunend mitzumarschieren. Ja, er wollte die Stimmigkeit des nomen est omen beweisen: Über eine verrottete Gesellschaft urteilen im zweifelsfreien Besitz der Wahrheit und sie maßregeln im Sinne dessen, was er als allein gültiges Maß und einzig geltende Regeln erachtete. Dabei würde er sich unter Amtsbrüdern, die auf die eigentliche Glaubenslehre am liebsten verzichten würden, absolut wohlfühlen, und er würde die Kirche absolut als diesseitige Sozialagentur verstehen. Das Luziferische an ihm war keine bloße Äußerlichkeit, über die man nach einiger Gewöhnung hätte hinwegsehen können. Er war der leibhaftige Diabolus in musica. Seine pianistischen Fähigkeiten waren phänomenal, was bewirkte, daß das optische Phänomen, das Übel seiner vorstehenden Raffzähne, schon mit den ersten Takten hinter einem akustischen Schleier verschwand. Dieser Teufelskerl also hatte Anna erobert. Es mußte wahrhaft mit dem Teufel zugegangen sein, daß das himmlische Wesen Anna, dieser Cherub, der Andreas nicht mit sechs, sondern mit tausend Flügeln beflügelt hatte, neben diesem gefallenen Engel auf einem langen, gepolsterten Schemel hockte, um mit ihm vierhändig am Flügel vorzugsweise die Vorspiele des Oberkirchenrats Wagner zu "Lohengrin" und "Parsifal" zu spielen. Gabriel war jetzt Pfarrer in dem kleinen Städtchen, das im nordöstlichen Zonenrandgebiet seine Randexistenz verschlief. Er hatte Anna gleich noch ein zweites Kind gemacht, mied dann aber immer mehr den Beischlaf mit seinem angetrauten Weibe, da ihm sein Lehrauftrag an der theologischen Fakultät der nicht allzu fernen Universität attraktivere Wirkungsstätten als die eheliche Bettstatt bot. Die Zahl der weiblichen Pfarramtsstudiengängerinnen hatte in den letzten Jahren erheblich zugenommen, so daß selbst ein Luzifer, dem die Lust am Aufreißen förmlich auf der Unterlippe geschrieben stand, leichte Beute hatte. Auf Anna war seine Triebhaftigkeit längst nicht mehr gerichtet, und dies trieb ihn zu einem wahrhaft diabolischen Verhalten. Anna begehrte ihn immer noch, und in ihrem Verlangen scheute sie nicht einmal die Selbsterniedrigung. Sie kroch nackt zu ihm, ging auf die Knie, stützte sich mit den Unterarmen ab, reckte diesem Gabriel (mehr gefühlloses Erz als mitfühlender Engel) ihre noch immer strammen Pobacken entgegen. Aber der Pascha gab ihr nur einen verächtlichen Schubs, eine affenähnliche Geste des Verschmähens, setzte sich dann auf die Kante des Ehebetts, lehnte sich wohlig zurück, um schließlich seinen Samen auf den Rücken der schluchzend am Boden Liegenden tropfen zu lassen. Das klingt geradezu widerlich, und das sollte es natürlich auch sein. Wenn man fragt, welcher Teufel Gabriel da geritten hatte, dann ist die Antwort leider einfach, wenn auch sehr häßlich: Er wollte mit dieser Sauerei von Anna als Schwein gesehen werden, das ihr so

zuwider würde, daß er seine Kräfte und Säfte sparen konnte
für fremde Geländeritte. Ihm eins mit der Peitsche überziehen
und ihn zum Teufel jagen? Sollte sie davonlaufen aus dieser
unerträglichen Koppel, in der sie zusammengepfercht war
mit diesem Teufelsbraten von einem Hengst? Da waren
schließlich die beiden Kinder, die Gemeinde und Annas
Eltern, die sich nach des Vaters Pensionierung in das Pfarrhaus des Schwiegersohnes zurückgezogen hatten. Und Anna
litt, schwieg, suchte Heilung. So fand man sie immer häufiger
im Altarraum der Kirche, wo sie für sich Tanzrituale um den
Tisch des Herrn entwickelte zu postmoderner Musik, ein
mixtum compositum aus Gregorianik und minimal art; dazu
vollführte sie heilende Gebetsgebärden, wie sie es nannte, um
zu sich selbst, ihrer Leiblichkeit als Frau zurück zu finden,
selbstvergessen und selbstverloren in einer vergessenen Region nach einem verlorenen Krieg, dessen Folge die nahe
Grenze war, eine offene Wunde, die die Front des nunmehr
ein Vierteljahrhundert währenden Kalten Kriegs markierte.
Für ihren Ehekrieg und ihre Wunden fand Anna mit ihren
heilenden Gebärden keinen Frieden.

Sibylles Stammbaum war astrein: Ostpreußische Wurzeln,
von keinerlei polnischem Wurzelwerk umschlungen; dies zu
betonen, wurde ihr alter Herr nicht müde, der im ungeliebten
Südwesten der Bundesrepublik nie Wurzeln geschlagen hatte, sondern lediglich darauf bedacht war, seiner Familie ein
neues hoffnungsgrünes Blätterdach zu bieten, in dessen
Schatten alle möglichst unbehelligt leben und gedeihen sollten. Obwohl er diese Republik nicht liebte, war er doch ihr
pflichtbewußter Diener, der sein hohes Amt zum Wohle der
Allgemeinheit ausübte, indem er der öffentlichen Hand so
auf die Finger schaute, daß die Steuergelder weder unrecht-
mäßig an ihr kleben zu bleiben vermochten, noch munter aus

ihr fließen konnten, um im völlig Sinnlosen unentdeckt zu versickern. Im Krieg setzte er jedes Gesetz um in die Tat, und das tat er auch jetzt, ganz fraglos und unbedingt. Er stellte die Richtlinien des Staates nicht in Frage, sie waren ihm Richtschnur, gestern und heute. Sibylle hatte aber einiges zu fragen. So kam es zu familiärem Zwist und Zank und schließlich zum Eklat und Bruch. "Du bist ein autoritäres Arschloch, das nie gelernt hat, selbständig zu denken. Mit deinen verdammten Sekundärtugenden kommst du nie darauf, was primär wichtig ist!" Statt des Abiturs machte sie ihren Abgang und wurde Schneiderin im doppelten Sinn: Sie schnitt fortan ihre Familie und lernte, Blusen und Röcke zuzuschneiden, worin sie nicht ganz unerfahren war, denn in ihrer Zeit im Internat, das Teil eines hochherrschaftlichen Gutes war, hatte sie widerwillig gelernt, sich eine grüne Schürze für die Gartenarbeit, eine blaue Schürze für die Arbeit im Stall und die Hilfsdienste bei den Schlachtungen, eine schwarz-weiß gestreifte Schürze für den Küchendienst und eine weiße Schürze für die Mithilfe im Speisesaal selbst zu schneidern. Das war im Sinne ihrer Mutter, die wünschte, daß ihre Tochter einmal eine perfekte Hauswirtschafterin abgebe zum Wohle des Mannes und der Kinder. Dazu gehörte offenbar auch der Besitz diverser Schürzen, mittels derer eine Frau "dressed for success" bei den Männern war. Sibylles Weggang zu Nadel und Schere war ein heroischer Schritt, ja, ein revolutionärer Sturmlauf gegen das Establishment. Mit der Schere schnitt sie tiefe Wunden in das Fleisch ihrer Eltern, und mit der Nadel setzte sie schmerzhafte Stiche in die beiden guten Seelen. "Sie näht für andere Leute Kleider!" Vom großbürgerlichen Hochsitz in den kleinbürgerlichen Schneidersitz! Unvorstellbar, gräßlich! Sibylle genoß die Selbsterniedrigung als Akt der Befreiung. Solidarisieren, mitmarschieren. Die Befreiung lag in der bewußten Entscheidung, sich an eine Bewegung zu

binden, die den gesellschaftlichen Fortschritt für sich rekla-
mierte. Sibylles Problem war, daß ihrer Hingabe ans kleinbürgerliche und proletarische Milieu letztlich doch die intel-
lektuelle Herausforderung fehlte. Sehr bald vertauschte sie
daher die drögen Schnittmuster gegen die Kostümentwürfe
von Bühnenbildnern, die als angereiste Gäste des Stadtthea-
ters ihre Skizzen ablieferten, um dann möglichst schnell wieder aus der Provinz zu flüchten. Die Herren mochten ja etwas
von Bühnenbildentwürfen verstehen, in der Frauendomäne
Kostümbildnerei waren sie Dilettanten, die mit ihren hilflo-
sen Schmierskizzen darauf hofften, daß ein weibliches Talent
schon irgendetwas daraus machen würde. Da dies Sibylle
erstaunlich gut gelang, beschloß sie, "für die impotenten
Wichser" nicht länger mehr Handlanger im Verborgenen zu
sein, sondern ihre Position auf dem Besetzungszettel zu erobern. Auch dies gelang ihr nach Meinung der Kritik bravou-
rös: "Ein Bravo für die phantasievollen Kostüme!" Sibylle war
zur engagierten Künstlerin avanciert, die mit ihrem Lieb-
lingstopos "Hinterfragen" alle Regisseure und Dramaturgen
deshalb so nervte, weil sie spürten, daß da eine Frau rigoros
Einfluß auf ihre Konzepte zu nehmen versuchte. Wenn sich
die kleine Schneiderin da nicht in den Finger geschnitten
hatte! Schneiderin bleib bei deinen Fäden, die intellektuellen
Fäden spinnen immer noch wir, und wir schneidern die Konzepte! Aber Sibylle wurde nicht müde, mit Applikationen
und Accessoires voller versteckter Anspielungen subversive
Elemente in die Inszenierungen einzuschmuggeln - ihre Gue-
rillataktik. Ob Barockoper oder antikes Drama - immer wiesen entweder ein breit aufgeschlagener Kragen und die Stul-
pen mit metallenem Knopfbesatz, oder die betonte Länge eines Mantels und die Verwendung von glänzendem Leder,
die unvermeidliche Schirmmütze und die Stiefel auf ihre Vor-
lagen hin: Die Fotos ihres Vaters, die ihn als Offizier an der

Ostfront zeigten. Es war dies ihre sehr private Enthüllungsstrategie, die erahnten Untaten ihres Vaters öffentlich zu machen, was die Regisseure nervte: " Das ist eine stinklangweilige Obsession, an der du dich vielleicht aufgeilen magst, mit dem Stück hat das nichts zu tun. Wir können nicht aus jeder Vorlage einen Antigone-Kreon-Verschnitt machen, nur weil dein Alter vielleicht noch irgendwo ein paar unbegrabene Tote herumliegen hat. Menschenskind, das ist doch schon über dreißig Jahre her!" Nur der Regisseur Andreas erkannte in ihr seine (um zehn Jahre ältere) Schwester im Geiste. Gemeinsam hatten sie das Konzept zur Idomeneo-Inszenierung erarbeitet, wobei sie vor allem die Frage bewegte, wie das fürchterliche Ungeheuer darzustellen sei, das auf Poseidons, des erzürnten Gottes Geheiß dem Meer entsteigt, um auf Kreta schwere Verwüstungen anzurichten und mit unersättlicher Gier ein Blutopfer nach dem anderen zu verschlingen. Und schließlich kam von Sibylle ihr vorhersehbarer Vorschlag: Es müsse eine Soldateska, ein SS-Sturmtrupp sein, der vom Meer aus die Invasion vorbereite, die friedliche Insel zu erobern und zu verwüsten. Damit war klar, wie die Statisterie auszustatten sei, mit Sibylles Lieblingsaccessoires natürlich: Stahlhelme, schwarz glänzende Stiefel, und unübersehbar die auf die Uniformjacken applizierten Siegrunen. Andreas erschien dies alles etwas arg vordergründig und allzu dick aufgetragen, aber letztlich entsprach diese Visualisierung seiner eigenen Sicht, seiner Lust an der Aktualisierung des Mythos. Es waren dann eben nicht nur die von Andreas eingefügten Dialoge, die den Herrscher über Mozarts Partitur so in Rage versetzten, sondern die unübersehbaren Zeichen, die eine Vergangenheit vor seine Augen führten, die er längst verdrängt hatte. Und so traf der von ihm inszenierte Eklat nicht nur den so mutwilligen Regisseur Andreas, sondern zugleich diese schrecklich emanzipierte Kostümbildnerin, deren Besserwisserei nicht nur ihn schon längst genervt hatte. Sollte sie von ihrem moralischen Hochsitz endlich verschwinden und zurück gesetzt werden in den ihr gebührenden Schneidersitz! Wie umgehen mit dieser gemeinsamen Niederlage? Nun, es würde keine Première geben und also auch keine Premièrenfeier. Zu feiern war eine Art Dernière: beider vorzeitiger Abgang aus einem Engagement, das ihnen diese unsägliche provinzielle Kleingeisterei zugemutet hatte. Die Niederlage erwies sich als Sieg: Befreiung von dieser beschämenden Schere im Kopf. In ihrem Siegestaumel fielen sie einander in die Arme und schließlich gemeinsam ins Bett. Es wurde ein ausgelassener One-night-stand, der die ganze Nacht währte und Andreas eine Vielfalt von Stellungen bescherte, die er so noch nicht kannte und also nicht praktiziert hatte. Sibylle hatte eine Fülle an Mustern parat, deren Realisierung Andreas schon einiges an Flexibilität und Geschicklichkeit abverlangten, aber er genoß es, daß Sibylle die Regie übernommen hatte, und erwies sich als talentierter Akteur. Der Taumel der Nacht vermochte den öden Tag nicht zu überdauern. Es war vor allem der Altersunterschied, der Andreas dann doch davon abhielt, eine dauerhafte Beziehung mit Sibylle einzugehen. Nach seinem Rausschmiß aus dem Theater hatte Andreas dann vorsorglich den Rat eines ihm bekannten Professors für Existenzgründung gesucht, dessen Standardwerk er gelesen hatte, in dem als unverzichtbare Instrumente eines erfolgreichen Marketings die Mittel der verbalen und nonverbalen Kommunikation aufgeführt wurden. Bei dieser Lektüre hatte er den Eindruck gewonnen, daß der Wechsel von der Stadttheaterbühne auf die Verkaufsbühne gar nicht so befremdlich oder gar absonderlich sei. Er hatte den Gedanken dann aber schnell wieder fallen lassen und sich auf die Rundreise zwecks Erkundung eines neuen Engagements begeben. Nach dem Traum in der ministeriellen Herberge erinnerte er sich an die realistische Möglichkeit, die ihm der Professor eröffnet hatte, wie er den Affen Zucker geben könne und dabei selbst so profitieren würde, dass Schluß sei mit der brotlosen Kunst. Mit Seminaren zur Unternehmenskommunikation ließe sich gutes Geld verdienen, und Andreas besäße dafür ja die notwendige Qualifikation. Ja, das stimmte durchaus. Aber war er auch qualifiziert für die unerläßliche Farb- und Stilberatung, die unbedingt Teil seines Beratungskonzeptes sein müßte? Dafür sollte sich doch Sibylle gewinnen lassen, die ganz sicher ebenfalls auf der Suche nach einem neuen Betätigungsfeld war. Und vielleicht ließe sich neben den pragmatischen Überlegungen der gemeinsame one-night-stand als emotionale Basis für eine Zusammenarbeit nutzen, die sich auf alle Gebiete erstrecken ließe...Gesicherte Basis war jedenfalls, daß beide erkannt hatten, daß der Baum der Erkenntnis im Theaterparadies kaum jemals attraktive Früchte für sie tragen würde. Dieser Baum hatte zudem für beide an Reiz verloren, je mehr sie erkannten, daß ihre Erkenntnisse, die sie dort pflückten, das Publikum immer weniger interessierten, und daß dieses Publikum immer weniger bereit war, das Theater weiterhin so üppig zu subventionieren, daß es eine paradiesische Insel im Meer der sie umgebenden wirtschaftlichen Probleme bleiben konnte. Rein materiell betrachtet, war hier kaum etwas zu holen, die Gagen würden weiterhin lächerlich niedrig sein. Und so erinnerte sich Sibylle der Segnungen des Bürgertums, die ihr gar nicht mehr so verachtenswert erschienen: „Also ich bin dabei" erklärte sie ohne Umschweife bei dem Treffen, das Andreas arrangiert hatte, um sie für seine Pläne zu gewinnen. „Laß uns in das Haus zusammenziehen, das seit dem Tod meiner Eltern jetzt schon ein Jahr leer steht, und das gesparte Geld als gemeinsames Startkapital nutzen!" Das war ein Wort! Und natürlich ging Andreas erleichtert und begeistert darauf ein.

Schauen wir uns ein bißchen um auf den neuen Bühnen der beiden Theaterabtrünnigen. Am Bühneneingang prangt das Schild "New Image. Personality Styling by Sibylle und Andreas" (geschwungener Schriftzug auf Lilagrund). Wenn wir die Tür öffnen, betreten wir den kleinen Korridor, der mit Punktstrahlern effektvoll ausgeleuchtet ist. Kein kuscheliger Vorraum zu einem verstaubten plüschigen Boudoir, sondern die innenarchitektonische Illustration zu den Slogans, die als knackige Pointen die Werbetexte in den akkurat ausgelegten Prospekten so richtig griffig machen: "Erfolgreicher durch positive Selbstpräsentation - selbstsicherer durch typgerechtes Auftreten - attraktiver durch den richtigen Einsatz von Farben." Das Corporate -Design entsprach ganz den offerierten Dienstleistungen "Interior Consulting" und "Image - Consulting" . Unter anderem wurde auch das Zupfen und Färben von Wimpern und Brauen, Damenbartentfernung und Beinenthaarung angeboten, was Andreas vergeblich zu blockieren suchte, da dies doch alles ein bißchen grotesk sei. Die Prospekte versprachen aber nicht nur die Optimierung des äußeren Erscheinungsbildes, sondern wiesen mit einem Goethe-Zitat ("...denn was innen ist, ist außen") auch auf den Zusammenhang von innerer Einstellung und selbstsicherem Auftreten hin. Also wurde eine Persönlichkeitsanalyse angeboten, auf der die Korrektur der inneren Einstellung aufbauen sollte. Das war Andreas' Part, der noch näher zu erläutern sein wird; dann lernen wir auch seine "Bühne" kennen. Der Leser mag dies alles als lächerlich, vielleicht sogar als grotesk empfinden. Man täusche sich nicht! Die Rückseite der Prospekte zierte eine nach so kurzer Zeit der Unternehmensgründung schier unglaubliche Liste von Großunternehmen, die überschrieben war mit "Wir sind stolz, so erfolgreiche Kunden zu haben." Da standen Elektronikkonzerne neben Sportartikelherstellern, Parfumnobelfirmen neben fetzigen Ferienclubs, seriöse Großbanken neben multimedialen Medienriesen, kreative Brillenhersteller neben innovativen Hotelketten. Das ganze bunte Gemisch all derer, die die Menschen heute so richtig glücklich machen. Und Sibylle und Andreas hätten darüber eigentlich auch so richtig glücklich sein können, wenn, ja wenn nicht dieser dumme, törichte Zweifel an ihnen genagt hätte, ob es so ganz richtig wäre, daß sie jetzt zu jenen gehörten, "die goldene Masken am Tage tragen und in der Nacht flennen", statt Stücke zu inszenieren und auszustatten, die ein solch kritisches Zitat enthielten, das man den so fürchterlich selbstgewissen Erfolgreichen um die Ohren hauen konnte. Betreten wir nun Sibylles Allerheiligstes. Eine raffinierte Mischung aus kühlem Chefzimmer und erlesenem Antiquariat. Vitrinen aus Chrom und Glas, in denen die modernen Nofretete-Geheimnisse ausgestellt sind, falsche Wimpern, farbige Linsen, sehr natürlich aussehende bunte, sehr lange, stark gewölbte, bisweilen in eine bizarre Krümmung auslaufende Fingernägel, sehr geradlinige und sehr bizarre Brillengestelle, Lippenstifte und Nagellack. In einer anderen Vitrine glänzt der Modeschmuck. Alles sehr schwer und dominant, als gelte es, jede liebende Gattin zur Domina auszustaffieren. Dagegen zeigt eine weitere Vitrine die auffallend kleinen Täschchen, die ihre Größe dadurch erhalten, daß die Signets und Erkennungsmuster der großen internationalen Namen ihnen die höheren Weihen geben. Das Arbeitsmobiliar ist reines, zierliches Biedermeier (alles Erbstücke, die der elterlichen Wohnung den Sibylle einst so verhaßten elitären Glanz gegeben hatten). Eine kostbare Poudreuse mit hochgeklapptem Spiegel, davor ein sehr zerbrechlich aussehender Biedermeier-Stuhl. Ein Nähtischchen, das jetzt zweckentfremdet die farbigen Tücher birgt, mit denen die Klienten (Damen und Herren jedes Standes, konservativ und progressiv) drapiert werden, um festzustellen, welche Couleur ihnen jede Blässe nimmt und ihnen stattdessen Frische und Dynamik verleiht. Ein ehemaliger Backtrog, der mit einer Holzplatte zum Tisch umfunktioniert ist. Rustikales Element, das dem Schnickschnack eine gewisse Bodenständigkeit verleiht. So fühlt sich auch der eher skeptische Klient gut aufgehoben. Auf dem Tisch liegen die Farbtabellen, mit deren Hilfe eine Klassifizierung möglich ist: Ihnen stehen am besten Schwarz, ein sonniges Gelb, ein kräftiges Rot. Mein Herr, Sie sind ein Wintertyp. Jede Jahreszeit hat ihre Typen, ob Frühling, Sommer, Herbst, wir finden es heraus und ziehen die richtigen Schlüsse. Denn das äußere Erscheinungsbild ist der für jedermann sichtbare Ausdruck des eigenen Selbstverständnisses, der Rolle, die ein Mensch in seinem Leben zu spielen gedenkt.

Andreas' Studio (so nannte er seinen Seminarraum, ein Stockwerk über Sibylles Räumen gelegen) glich einem Kammer- oder Werkraumtheater. Dies diente natürlich seiner Identitätswahrung (zeige mir, wie du dich eingerichtet hast, und ich sage dir, wer du bist), hatte aber auch ganz praktische Gründe, mit denen er jede Andeutung sentimentaler Reminiszenzen weit von sich wies. Er hatte seinem populärwissenschaftlichen Ratgeber den Titel "Ihr Auftritt, bitte!" gegeben; darin bot er Hilfestellungen an, die seine ehemaligen Kollegen wegen der Profanisierung und schamlosen Instrumentalisierung der hehren Schauspieltechniken erbosten. Schamlos war auch, daß darin die Elemente der literarischen Rhetorik zu Tricks der Geschäftsrhetorik pervertierten. Und doppelt schamlos war es, daß Andreas damit auch noch Geld verdiente, doppelt und dreifach so viel wie jene Puristen, die lieber weiterhin Gutmenschen sein wollten als gut zu verdienen. Die Seminarthemen, mit denen er seine Klientel anlockte, waren süffig formuliert: "Manieren und Karriere - wie

Sie in jeder Lage Ihre Rolle meistern. " "Mit dem ganzen Körper geistreich sein - wie Sie Ihre Körpersprachlosigkeit überwinden." „Ihr Auftritt, bitte - wie Sie Selbstsicherheit gewinnen durch typgerechtes Auftreten und stimmige Selbstinszenierung." Dazu bedurfte es natürlich einer veritablen Bühne, die in Form eines Karrees, das aus Holzpodesten zusammengesetzt war, etwa ein Viertel des Studios einnahm. Über dieser Bühne waren Scheinwerfer an der Decke montiert, Stative mit weiteren Scheinwerfern flankierten zwei Seiten des Podestes. Die Bühnendekoration bildeten eine Sitzgruppe und ein Beistelltisch. Das genügte, um den verschiedenen Gesprächssituationen den rechten Rahmen zu geben. Im Hintergrund, an die abschließende Wand gerückt, stand ein Rednerpult, das bei Bedarf an die vordere Rampe geschoben werden konnte. Vor der erhöhten Aktionsfläche waren etwa zwanzig Stühle in zwei Blöcken aufgereiht, so daß ein Mittelgang einen längeren Anlauf zum Podium erlaubte. Am Ende dieses Mittelgangs stand Andreas entscheidende Waffe, die Videokamera. Mit dieser Waffe hielt er alle in Schach, den saloppen Vertreter, den arroganten Einkaufschef, den aggressiven Manager, den überheblichen Vorstand. Sie alle jammerten über die ungewohnte Situation, die ja eigentlich gar nicht realistisch sei, in ihrem beruflichen Alltag würden sie sich ganz anders verhalten, da hätten sie keinerlei Probleme, dies hier verfälsche nur alles, undsoweiter. Andreas aber rief nur: "Kamera läuft", und schon waren sie allesamt nur noch arme Teufel, nackt und bloß vor dem unbestechlichen Objektiv. Der Monitor wurde zum Mikroskop, unter dem - wenn Andreas die Videoaufzeichnung vorführte und den Film immer wieder einmal anhielt - das Standbild zum für alle sichtbaren Präparat wurde, zur unbarmherzigen Vergrößerung aller Tolpatschigkeiten, für den Betroffenen ein schmerzhafter Stillstand, eingefrorenes Versagen, an dem die Zuschauer genüßlich herumlutschten, ja, sie strichen genüßlich mit ihrer Zungenspitze über ihre Lippen, froh darüber, für wie impotent der Präpotente sich plötzlich erwies. Und vergessen waren die Übelkeit und der Durchfall, die sie am Vorabend und in der Nacht noch geplagt hatten - wenigstens so lange, bis sie dann selbst an der Reihe waren. Andreas konnte ein solches Mißbehagen gut nachvollziehen, aber er war gewappnet: Was ihm zustatten kam, war sein wohl präparierter Auftrittsmonolog, den er natürlich auswendig beherrschte. Er brauchte ihn immer nur ein wenig zu variieren, den Teilnehmern anzupassen, deren Probleme und daraus resultierende Erwartungen und Wünsche er sich auf einem entsprechenden Fragebogen vorab zuschicken ließ. "Hallo, ich heiße Andreas! Mit Andreas trainiert - Erfolg programmiert! Wer mich nicht kennt, hat nicht gelebt! Da habt ihr aber Glück, was?! Ich bin ein toller Hirsch! Was glotzt ihr mich an? Jeanshose, Cordjacke und Halstuch - das klassische Dramaturgenkostüm. Kleidersprache nennt man so etwas. Corporate Design, Corporate Identity - noch nie gehört? Ihr seid doch alle Christen! Unternehmensphilosophie, Unternehmenskultur - geht mal wieder in die Kirche, dann wißt ihr, was das ist! Die PR-Abteilung des lieben Gottes hat Mustergültiges geschaffen: Ein Logo, das über zwei Jahrtausende unverändert geblieben ist, das Kreuz. Eine beeindruckende Kleidersprache, Paramentikkleinode. Eine Präsentation, die alle Sinne anspricht. Die Bilder, die Musik, der Weihrauchduft, die Oblade - Sehen, Hören, Riechen, Schmecken! - Ganzheitlichkeit! Und was seid ihr? Arme kleine Würstchen im Zustand der Dauererektion! Wißt ihr, wie lächerlich ihr seid? Schaut euch doch nur Lorenz an! Mediokrer Trendprofiteur einer lächerlichen Masche, eines trivialen life-stylings! Und Günter! Versucht seine Banalität mittels Ästhetisierung aufzumotzen! Hör' auf, dich mystifizieren zu wollen! Arme Barbara! Sucht Anschluß und

Wärme, Heimat beim Nachbarn. Vergiß es! Ich jedenfalls will Heimat bei keinem Menschen haben. Ich will von nichts gehabt werden, auch nicht von einem von euch. Ich ertrage die Nähe nicht. Ich hasse, was Heimat werden will. Darum werde ich auch ganz schnell wieder Abschied nehmen von euch, um euch gründlich zu vergessen. Da staunst du, Helga. Weil du dich lieber hinter wissenschaftlichen Phrasen verschanzt! Und Thomas hat sich in die Ungläubigkeit geflüchtet, um zu demonstrieren, welch tollen Durchblick er hat. Nun seid ihr aber baff. Wieso eigentlich? Ich habe doch nur gründlich gelesen, was ihr so in die Testbögen geschrieben habt. Provoziert euch euer eigenes Selbstbild? Na prima! Zwei Tage Gelegenheit, sich zu ändern!" "An und für sich hatte ich gedacht ... " "An und für sich? Was für eine Phrase! An und für sich - weißt du, was das ist, Dieter? Onanie, mein Freund! Was soll deine Frau denken?" "Also ich denke, man muß sich hier nicht alles gefallen lassen. " "Ich denke - Streich das und sag' es direkt!" "Ich laß mich nicht provozieren von deinen Versuchen, hier einen gruppendynamischen Prozeß in Gang zu setzen." "Bravo, Uta, du hast intelligent zugehört!" Das geht noch eine ganze Weile so weiter. Mit seinem aggressiven Zynismus hält sich Andreas die Meute vom Leib. Eine gut bezahlte Publikumsbeschimpfung, die er sich von einem Kollegen abgeguckt hatte, dessen überrumpelndes Auftrumpfen allgemeines Kopfschütteln hervorrief und zugleich ungläubiges Staunen über einen wahrlich kaum zu glaubenden Erfolg. Dieser Kollege, der bei jeder noch so banalen Publikation in einem der zahllosen Managermagazine seinem Namen das MA (Magister artium) voranstellte, das bei der ungebildeten Mehrheit seiner oft von weit angereisten Seminarteilnehmer die Vorstellung von etwas Geheimbündlerischen evozierte, in das sie vermittels dieses Trägers geheimen Wissens Zugang zu finden hofften, gestaltete die Begrüßung als den Moment der Besitzergreifung, indem er den Händedruck dazu benutzte, sein Opfer so dicht an sich heranzuziehen, daß sich die Körper berührten: Ich lasse dir keinen Spielraum zu kritischer Distanz. Wir stehen Aug' in Aug', und ich werde dich niederringen mit meinen Blicken. Siehst du, schon habe ich gewonnen! Mein Siegerlächeln - eine sich selbst erfüllende Prophezeiung! Er war der Triumphator, der Chef im Ring. Und die ganze Veranstaltung diente allein seinem gönnerhaften Versprechen: Keine Angst, ich bringe euch mein Siegerlächeln bei! Nach einer solchen Veranstaltung trat er hinaus auf den Balkon, der über das fast ausgetrocknete Bachbett ragte, das die armselige Dürre des provinziellen Kreisstädtchens noch betonte, und stürzte sich kopfüber hinab in das spärliche Rinnsal. Andreas war schockiert wie alle anderen. Aber grimmig behielt er das angelernte Ritual bei. Na, dann trainieren wir mal schön den Siegertyp, am Ende gehen wir doch alle den Bach hinunter ... Als Andreas sich dank solcher Chuzpe auf dem Jahrmarkt der Eitelkeiten langsam zu den Marktführern zählen konnte, packte ihn eine Art pharaonischer Größenwahn: Er firmierte fortan unter "Aton-Helios" und zog die Sache geradezu pyramidal auf. Ob er sich nicht ein bißchen schäme, die Elemente literarischer Rhetorik zu instrumentalisieren, umzuwandeln in das platte Rüstzeug für eine völlig amusische Klientel? Die königliche Metapher von ihrem Thron gestürzt mit solch banalen Wendungen wie "Die Sturzflut Ihrer Nutzenargumentation wird alle Einwände des Kunden hinwegschwemmen." Die biblische Anapher von der Kanzel herabgestoßen auf ein niveauloses Geplapper: "Wir haben das Know-how. Wir haben die Erfahrungen. Wir haben die Lösung." Die hehren Begriffe "Philosophie" und "Kultur" trivialisiert zu Unternehmensphilosophie und Unternehmenskultur. Ob er, Andreas, ehemals im doppelten Sinne engagierter Künstler, sich da nicht doch ein wenig schäme?

Andreas schwang sich auf zu einer flammenden Apologie: "Wir, das heißt ich und meine Kunden, haben erkannt, daß das postindustrielle Zeitalter längst eingeläutet ist, daß wir nach der epikureisch-kulinarischen Periode des Nachholbedarfs lang entbehrter Freuden eingetreten sind in die philosophische Dekade! Unternehmensphilosophie! Ja, wir haben einen Anspruch auf dieses anspruchsvolle Wort! Lange genug hat man uns die höheren Weihen verweigert. Der Herr Doktor, der Herr Rechtsanwalt, die Herren Professoren und natürlich die lieben Künstler wüßten allein umzugehen mit dem ägyptisch-griechisch-lateinischen Erbe? Nur sie verstünden es, das mare nostrum als geistiges Bad zu genießen? Wir sollten da ausgeschlossen sein? Warum, so frage ich, warum sollte es nur den homo philosophicus zu den Fragen nach dem Sinn des Lebens drängen? Unternehmenshilosophie! Ein Wort, auf das wir lange, allzu lange warten mußten! Ein Wort, das uns befreit hat aus der uns zudiktierten Rolle des homo faber. Schluß damit, endgültig Schluß! Schluß mit homo faber, Schluß mit homo philosophicus! Es lebe der neue Mensch, der homo integrans!" Die alten Freunde, Weggefährten von einst, schüttelten die Köpfe. Andreas aber schüttelte alle Selbstzweifel ab, um sein profanes Gedankengebäude umzuwandeln in einen von Säulen getragenen Geistestempel mit Portikus und Architrav. So ließ er sich jedenfalls die Folie gestalten, die er als erste auflegte, wenn er vor großem Publikum dafür warb, in seinen Weisheitstempel einzutreten. Warum den durch die Lande tingelnden Gurus das Feld überlassen, diesen outrierenden Selbstdarstellern, die er früher mit Hohn und Spott überschüttet und von der Bühne gejagt hätte? Nein, jetzt kam es nur darauf an, bei diesem höchst profanen und wenig professionellen Theater mitzumischen und das Publikum, dem selbst subventionierte Preise für die Hochkultur noch zu hoch sind, für niedrigste Platitüden

Höchstpreise zahlen zu lassen aus der eigenen Tasche. Auf denn! Andreas mietete Säle für seine Tournee und rührte die Werbetrommel für sein Programm "power day", das die Vortragsabende zu Stunden der Erleuchtung werden lassen sollte, in denen den Mühseligen und Beladenen ein Licht aufgehen würde, wie sie aus der Düsternis ihres selbstverschuldeten Mißgeschicks hinaustreten könnten ins Helle einer selbst gemeisterten Zukunft. "Lassen Sie sich verzaubern durch die Berührung mit dem Caduceus, jenem sagenhaften Hermesstab, und erleben Sie, wie diese Berührung Ihnen Visionen und Reichtum beschert! Wie einst der Götterbote Hermes den Reisenden die Steine aus dem Weg räumte, so wird die Botschaft von Andreas Waise Ihnen helfen, alle Widerstände zu überwinden, gegen die Sie heute noch auf Ihrem Weg zum Erfolg mühsam und oft vergeblich ankämpfen." Diese geflügelten Worte flatterten auf hochglänzenden Prospekten den Führungskräften und denen, die nach Kräften eine Führungsposition anstrebten, auf ihre Schreibtische. Ziel des außergewöhnlichen Abends sei es, jeden an sein eigenes Wesen näher heranzuführen und ihn seine transpersonale Ebene erkennen zu lassen. Sibylle hatte dem Heroldsstab des Schutzgottes der Kaufleute ein modernes Design verpaßt, und dieses Requisit streckte Andreas bei jedem Höhepunkt seiner Präsentation von der Rampe über die Köpfe des jauchzenden Publikums, oder er benutzte den Stab als Taktstock, um damit den Einsatz zum chorischen Gebrüll zu geben: "Heureka!" Andreas wußte für alles eine Lösung, und sein Publikum glaubte, damit die Lösung der eigenen Probleme für sich entdeckt zu haben:"Heureka - ich hab's gefunden!" Jedes hysterische "Heureka" wurde von einem mächtigen Crescendo aus den gewaltigen Lautsprechertürmen begleitet, und das Geflacker der Stroboskopblitze suggerierte göttliche, von oben gesandte Geistesblitze. Andreas fuchtelte immer wilder mit dem Zauberstab und skandierte, an der Rampe hin und her rennend, mit sich überschlagender Stimme seine Botschaft: "Schön erscheinst du im Horizont des Himmels, du lebendige Sonne des Erfolgs. Schön bist du, groß und strahlend, hoch über allem Land. Du schaffst Millionen erfolgreicher Gestalten aus dir allein." Alle klatschen sich mit der flachen Hand auf die Stirn, so wie es ihnen Andreas vorgemacht hatte. Das hallt durch den Saal wie ein Peitschenknall, der jedes Mal Auftakt ist zum kollektiven Schrei der Erkenntnis, die es sich einzupeitschen gilt mit einem "Heureka!" "Vor drei Jahren ging die Sonne des Erfolgs für mich auf, und seither ist sie nicht mehr untergegangen. Was haben mir damals all die ach! so klugen Ratgeber gesagt: Mit deiner Abkehr von den Bühnenscheinwerfern gehen für dich die Lichter aus, ganz schnell wirst du im Dunkeln stehen. Und heute, wo stehe ich denn heute? Auf der Bühne des Erfolgs, in einem strahlenderen Scheinwerferlicht, als ich je gestanden habe! Wer so vom Erfolg besonnt dastehen will wie ich, der folge mir nach!" Rhythmisches Klatschen, die Masse in gemeinschaftlichem Wiegen der Oberkörper, die Woge des Erfolgs körperlich vorwegnehmend. "Laßt uns versuchen, die Synthese unseres dreifachen kulturellen Erbes zu leben: Griechische Dialektik, das agonale Prinzip. Christliche Nächstenliebe, das kooperative Prinzip. Ägyptische Kosmologie, das Wissen um unser Eingebundensein ins Weltganze. Da greift doch eins ins andere, unserem Leben einen Sinn zu geben." Abermals der Schlag vors Hirn, daß der Peitschenklang nur so gegen die Wände klatscht, und ein donnerndes "Heureka!" "Gesinnung jedoch, liebe Freunde, macht meist wenig Sinn. Oh, ich weiß, wovon ich rede! Als ein Gesinnungskünstler war ich Ideologe: Diktatur des Proletariats, Arme und Beine befehlen dem Kopf, wo's langgeht. Und wohin hat uns das geführt? Aber die Künstler wissen natürlich alles besser. Als ob nur in der Kunst Geist zu finden sei! Als ob nur der Künstler von einem Willen zum Sinn beseelt sei! Als ob sich Selbstverwirklichung durch Werteverwirklichung nur im Künstlerischen ereigne! Sind die Werte von uns Unternehmern denn nur materieller Art? Ich frage: Ist unser Tun und Wirken denn geist- und sinnlos?" Stürmisches Protestgeschrei im Saal. "Kreativität plus Gewinn gleich Banalität - die Gleichung neidischer Habenichtse! Kreativität ohne Gewinn gleich ein bedeutendes Leben - die Gleichung frustrierter Habenichtse! " Das ist das vereinbarte Stichwort für den Aufmarsch der Jünger, die Andreas zu jeder Veranstaltung mitbringt als Zeugen, die bereit sind, über sich selbst auszusagen; sie marschieren zur Bühne, steigen auf das Podest und jubeln, einer nach dem anderen, ihre Testimonial-Werbung in den Saal: "Ich war ein Habenichts, unkreativ, ohne Schwung, ohne Ideen, ohne Glauben an mich, frustriert, demotiviert, ein Versager - bis ich Andreas kennen lernte, so wie ihr ihn heute erlebt. Es gibt ein Vorher und ein Nachher, das kein Bankgeheimnis bleiben soll!" Die Folien mit den Kontoauszügen, die die sprunghaft gestiegenen Einkünfte dokumentieren, werden aufgelegt, und die Zahlen prangen leuchtend auf der glitzernden Leinwand. Das Auditorium liest die Zahlenreihen als göttliche Botschaft: Eine Erleuchtung, die Verheißung einer Glitzerwelt. Die Siegertypen kehren zum Klatschmarsch der jauchzenden Menge zurück auf ihre Plätze, und Andreas, selbst überwältigt vom Zuspruch der überwältigten Masse, predigt mit leise vibrierender Stimme: "Sinn entsteht durch die Überwindung des Egoismus. Unser Leben, unsere Arbeit und die Zeit, die wir für sie aufwenden, werden nur sinnvoll, wenn wir ihnen einen Sollwert für die Mitwelt geben. Wir müssen uns als Unternehmer auf die Sinnsuche begeben!" Die Zuhörer in den vorderen Reihen springen auf, recken die klatschenden Hände dem Redner zu, der aber nur visionär über sie hinweg stiert. Sein Kopf ist jetzt nur noch Resonanzkörper für sein Wortgeklingel, das er selbst als evangelisches Geläute wahrnimmt. Andreas ist von sich berauscht. "Ja, meine Freunde, euer Tun hat eine zutiefst humane und fast schon religiöse Dimension, wenn es die Liebe ist, die euer Wirken bestimmt: Liebe zum eigenen Können. Liebe zum Kunden. Liebe zum Gegenwert. Liebe zur eigenen Anerkennung. Liebe zum Allgemeinwohl. " Ein kollektiver Lustschrei, der auch die Zuhörer in den letzten Reihen von ihren Sitzen reißt. "So zeugen wir eine neue Welt! Die ethische Evolution unserer Zeit zielt auf Visionen. Visionäre Ethik! Management by vision! So erlösen wir uns aus der Beliebigkeit, dem Relativismus, so befreien wir uns vom Nihilismus, so füllen wir die Leere, so überwinden wir den Geist der Geistlosigkeit, so gelangen wir zu neuer Gewißheit. Wir nehmen die Qual der Reflexion wieder auf uns und werden so wieder stark und erfolgreich, dessen bin ich gewiß." In der hoch erhobenen Rechten hält Andreas den Stab, ein messianischer Dirigent der Massen, das Kinn angehoben, die Augen geschlossen. Eine lange Generalpause, über der der Stab wie eine Fermate schwebt. Reglose Stille. Dann scheint es, als ließe irgendjemand im Schnürboden plötzlich alle Schnüre los, die den Körper von Andreas strafften; die Schultern fallen, der Kopf fällt nach vorn, die Arme fallen herunter, die Beine knicken ein. Dies ist für die neue Gemeinde das Zeichen, sich frenetisch vor die Stirn zu schlagen und einen "Heureka"-Sturm losbrechen zu lassen. Und Andreas lächelt selig. Der Agnostiker ist zum Gnostiker geworden, sich selbst vergöttlichend und spiritualisierend in seinem Glauben an seine Selbsterlösung, die keinen Zweifel mehr kennt an den eigenen Zielen, den eigenen Möglichkeiten, den eigenen heilsbringenden Mitteln, der eigenen Wissensgewißheit. So etwas wirkt ansteckend. Und so hat er es wieder einmal geschafft, eine neue

Gemeinde gewonnen, eine Gemeinde, die ihn nicht zum Teufel jagt wie jene christliche Gemeinde, ihr Pfarrer und ihre Presbyter in längst vergangenen Tagen, eine Gemeinde, die nicht aufbegehrt mit Protestgeschrei ("Macht denn keiner diesem Spuk ein Ende? - Den Kerl soll der Schlag treffen!"). Oh ja, das alles hallte nach in Andreas, dem theatralischen Sinnsucher seit seiner ersten Inszenierung. Der Abend war gut besucht, und also hatte Andreas wieder tüchtig abgesahnt, auch wenn seine neue Denkungsart nur Magermilch absonderte. Und wenn er sich selbst befragte, welche Richtung sein Leben eingeschlagen habe, dann dachte er ganz schnell: Das Auge nur immer schön fest aufs Honorar gerichtet. Und kalauernd fügte er für sich selbst hinzu: Ich hatte es einfach satt, vom Erfolg getrennt zu sein, also bin ich zum Trendsetter geworden. Auch Sibylle war es zufrieden. Andreas quatschte zwar einen Haufen Scheiße, was ihn aber zugleich zum Dukatenscheißer machte, denn die Ärsche unten im Saal empfanden seinen Sprechdurchfall als natürliche Offenbarung, für die sie gerne zahlten. Man muß das Volk dort abholen, wo es steht. Das hatte sie längst begriffen, da war nichts weiter zu hinterfragen. Und Mitmarschieren diente längst nicht mehr der Propagierung neuer Ziele, sondern war der einzige Garant, ans erstrebte Ziel zu kommen, das das Ziel aller war. Na und? Sibylle dachte sich ja auch nichts weiter dabei, wenn sie ihre theatralisch aufgemotzten Präsentationen zelebrierte, bei denen ihr des öfteren Andreas assistierte, indem er sich quasi als Versuchskaninchen zur Verfügung stellte, nein, richtiger: als Chamäleon, an dem demonstriert wurde, wie man seine Farbe wechselt, um mit der Umgebung eins zu werden, wie man sich einen Anstrich gibt, der zur umworbenen Klientel paßt, also immer die Farbe bekennt, mit der man als Gleichgesinnter erkannt wird. Und so lauteten Sibylles schlichte Glaubenssätze, die sie ohne jedes

Eiferertum und eher ruhig-geschäftsmäßig verkündete, da sie sehr wohl wußte, auch mit ihren verbalen Kommentaren nur zu einer gerade aktuellen Zeitgeist-Kollektion beizutragen, die ganz schnell wieder aus der Mode kommen könnte: "Dressed for success! Um auf Dauer erfolgreich zu sein und seinen Erfolg noch zu steigern, muß man ihn ständig zur Schau tragen. Nichts ist so erfolgreich wie die Suggestion des Erfolgs. Glauben Sie mir: Ohne das passende Outfit sind Sie sehr schnell out und kein bißchen fit. Die wahre Managerpersönlichkeit bekennt auch im Äußeren Farbe. Bild schlägt Ton, die Erscheinung das Gesagte. Das Bild ist die Botschaft. Die Augen siegen immer. Darum: Ihr Typ plus Ihr persönlicher typgerechter Stil - das erst macht Ihren vollen Erfolg aus. Soll man Ihre Ideen, Ihre Argumente, Ihre Lösungsvorschläge akzeptieren, dann muß man Sie zunächst als Menschen mögen! Dabei will ich Ihnen helfen aufgrund der Erkenntnisse der Fashion Academy, mit deren Hilfe wir auch Sie über Durchschnitt und Mittelmaß erheben werden!" Eine Farb- und Typberaterin war aus Sibylle, der einst so engagierten Kostümbildnerin geworden, die alle möglichen verräterischen Details entworfen hatte, um den verachteten, verhaßten und geschmähten Phänotyp zu entlarven, der die Welt so grauenhaft in Unordnung gebracht hatte. Jetzt war die Schneiderin, die den Eltern tiefe Wunden in die Seele geschnitten hatte, zur Propagandistin einer Schnittmuster-Denke geworden, die dem neuen Phänotyp, der Schneiderpuppe, bedenkenlos zu Diensten stand, indem sie ihm half, sich äußerlich so zu ordnen, daß alles, vom Haarschnitt bis zum Design der Socken, seinem buntleeren Weltbild entsprach. Na und?

Na und? Oh, das souverän beherrschte Tagesgeschäft, gemeistert mittels einer ausgefeilten Fassadentechnik, verschaffte Andreas keineswegs die Ruhe und Gelassenheit, die einem

Erfolgsmenschen den wohlverdienten erholsamen Schlaf bescheren sollten. Im Gegenteil: Seine so fragwürdig gewordene wache Existenz wurde allabendlich von zermürbenden Einschlafstörungen und irritierenden Träumen in Frage gestellt. Verzweifelt sucht er dann, seine Glieder zu einem Häufchen zu sammeln, das der Schlaf zu einer ruhigen Einheit bündeln würde. Stattdessen laufen die Beine davon. Er holt sie mit seinen Gedanken ein und versucht, sie mit einem Kommando zur Ruhe zu zwingen, wie man einen Vierbeiner kommandiert, sich niederzulegen und stillzuhalten. Während er sich ganz auf seine Beine konzentriert und ihnen, verdammt noch mal, Ruhe diktiert, machen sich die Arme selbständig und gewissermaßen auf und davon, indem sie sich erst unter das Kopfkissen wühlen und dann über den Bettrand streben, wo sie sich ins Dunkle recken und strecken. Andreas zwingt sie zurück an seinen Körper, befiehlt ihnen, sich auf seiner Bauchdecke niederzulassen. Damit aber beginnt sehr schnell ein Kribbeln in der Magengrube, gegen das er anzukämpfen versucht, indem er die Bauchmuskulatur anspannt. Es hilft nichts. Er wirft sich schließlich herum, um mit seinem Körper dieses Kribbeln zu erdrücken, abzuschütteln, strampelt mit den Beinen, öffnet und schließt die Hände im schnellen Wechsel, wobei er die Fingernägel jedes Mal in die Handflächen eindringen läßt. Andreas ist Angegriffener und sein eigener Angreifer zugleich; er versucht, sich selbst zu stellen und zu erledigen, und gleichzeitig versucht er, sich selbst davonzulaufen. Jetzt juckt auch noch die Kopfhaut, womit das Hirn in seinem Dilemma, welche Befehle es nun erteilen soll, Flucht oder Angriff, zu signalisieren scheint: Kratz' mir die Rinde, ich mag nicht mehr! Also das Licht wieder angemacht, um diesem obskuren Einmann-Zweikampf heimzuleuchten ins Überschaubare. Dann doch der vom Terror erlösende Schlaf, der aber einen Traum auslöst, der die tieferen Schichten von Andreas' Dilemma frei legt: Wieso liege ich in einer Kapelle? Eine Einübung ins Sterben? Wieder einmal? Fängt gleich die Totenglocke an zu läuten? Und dann flüstert Andreas in einer Art Singsang die Verse, die er auch nach so vielen Jahren noch auswendig weiß: „Nur noch wenig kortze Stunden/ dan ist alles überwunden!/ Dan so kommt und frißt der Dot/ Deinen Leib auß Leim und Koth!" Und er hört das jämmerliche Weinen Annas. - Ach, Anna, all die Zeit ohne dich! All die Tage, die Nächte, die Wochen, die Jahre - verlorene Zeit! Ich sehne mich danach, die Zeit als Kairos zu erleben, den günstigen Augenblick, der die Zeitenwende verspricht. Wann werde ich dich wieder sehen, um erfüllte Zeit zu genießen? Wo treibst du dich herum, weißt du denn nicht, wie schnell wir uns aufs Ende zu bewegen? Ach, ich fürchte, erst in meiner letzten Stunde die Zeit als Kairos zu erfahren, ohne dich wieder gesehen zu haben. Ich bin verdammt allein in diesem Jahrhunderte alten Gemäuer. Ich will hinaus in eine Zukunft, die anders ist als diese heillose Gegenwart, in der ich mir nicht gegenwärtig bin, nur körperlich anwesend und mir ganz und gar widerwärtig. Ich brauche deine Gegenwart, deine Anwesenheit, um nicht mehr gegen mich selbst zu sein! Wenn diese Kapelle uns beiden gehörte, dann würde diese jetzt so dumpfe Glocke uns hell zur Hochzeit läuten! - Und dann ein Traum, eine Tagträumerei, eine Halluzination im Drogenrausch? Abermals ein Heiligtum als Kulisse. Diesmal keine nüchterne gotische Kapelle, sondern ein opulenter griechischer Tempel, Heiligtum der Göttin Hera, Beschützerin der Ehe, Mutter des krüppelhaften, hinkenden Hephaistos. Mit meiner Kamera habe ich eine Position bezogen, die mir erlaubt, mit dem Objektiv die gesamte Säulenreihe einer Längsseite zu erfassen. Im Gegensatz zu dem Zeichner Piranesi habe ich keine Lust, meine fotografische Vedute mit irgendeiner Staffage zu beleben; deshalb stört mich die Gestalt, die sich mit dem Rücken gegen eine der mittleren Säulen gelehnt hat. Ich benutzte das Teleobjektiv als Fernrohr, zoome den Störenfried so an mich heran. Es ist eine Frau, die ähnlich wie die Staffagefigur auf Piranesis Vedute durch das Licht- und Schattenspiel selbst kanneliert erscheint und so mit der Säulenkannelierung verschmilzt. Wenn sich diese Fremde doch nur von der Säule lösen würde, damit ich sie erkenne, denn irgendetwas an dieser Gestalt erinnert doch...Jetzt tritt sie tatsächlich ein bißchen vor, nimmt die Sonnenbrille ab, dreht sich aber sofort um und schaut hinauf zu den Metopen und Triglyphen. Der kurze Moment, in dem ich das Gesicht sehen kann, ohne daß ein Schatten und die Sonnenbrille die unvergessenen Züge verdecken, hat genügt: Das ist sie, das ist Anna! Unsinn! Ich deliriere. Die feuchtwarme Luft macht, daß ich deliriere. Und doch: es könnte Anna sein! Die Haare etwas heller geworden, aber immer noch in zwei Wellen auf die Schläfen gelegt. Die Figur nicht mehr ganz so üppig, eher schlanker. Mein Gott, wie lange ist das her, daß sie mich hat sitzen lassen, um sich im Nirgendwo vor mir zu verstecken! Hier spielt sie mit Söhnchen und Tochter hinter den Säulen Verstecken. Ich muß ein Foto von ihr machen. Endlich wieder ein Bild von ihr besitzen, nachdem ich als Akt einer modernen damnatio memoriae alle Fotos von ihr zerrissen habe! Aber wie eine Eidechse huscht sie zwischen Oleander und Ginsterbüschen hin und her. Sie läßt sich von mir mit dem Objektiv einfach nicht einfangen. Und wenn sie einmal ruhig steht, dann hängen die Kinder an ihr, diese Kinder, die die meinen hätten sein können, sein sollen, sein müssen - aber nicht sind! Mein, mein, mein! Dieses Besitzergreifende war es, daß ich sie einst verloren habe. Ein anderer hat es geschafft, endgültig Besitz von ihr zu ergreifen und ihr die Kinder zu machen. Wer ist der Kerl? Wo steckt er? Nein, ich will ihn gar nicht sehen, ihm niemals begegnen, den beiden niemals gegenüber stehen und diesen fürchterlichen Dialog hören müssen: "Na, so was! Das gibt's doch nicht! Was machst du denn hier? Darf ich dir meinen Mann vorstellen? Das ist Andreas, ich habe dir doch von ihm erzählt. Wie geht's denn so?" Grauenhaft! Und wenn ich sie allein sehen könnte? Nein, ich fürchte mich vor ihrem veränderten Aussehen, das mir, aus der Nähe betrachtet, enthüllen würde, was ich gar nicht sehen will: ihre ganze vermaledeite Geschichte, die nicht die meine ist. Aber wann werde ich noch einmal eine solche Gelegenheit haben? Wie viele Jahre werden bis dahin abermals verstreichen? Werde ich jemals erfahren, warum sie mich verlassen hat? Ist dieser fremde Mann meiner Aphrodite wirklich ein mächtig impo-nierender Ares, gegen den ich nur ein lahmer Hephaistos bin? Das möchte ich doch endlich herausfinden, hier an diesem heiligen Ort der Hera, die doch nicht etwas beschützen kann, was unrecht ist: Dieser Mann verdient Anna nicht! Aber den beiden gerade jetzt begegnen, das Gesicht bleich und verschwitzt, das Hemd verstaubt und verklebt. Mein Gott, wie oft habe ich mir diesen Augenblick vorgestellt, wie oft mich gerichtet und gestrafft, wenn ich dachte, an dem Ort, an dem ich mich gerade befand, könnte ich ihr ganz zufällig begegnen. Ich bin nahezu immer bereit, bereit wie die klugen Jungfrauen in Erwartung des Herrn. Und gerade hier und jetzt muß mir die Herrin erscheinen, und ich stehe da wie eine törichte verschlampte Jungfrau, die Lampe ungeputzt und erloschen. So kann ich Anna doch nicht empfangen! Jahrelang in ständiger Bereitschaft, und im entscheidenden Augenblick ein kläglicher Versager, ein kümmerlicher Schwächling, den auszustechen es keines hünenhaften Ares bedarf. Ich bin so unansehnlich, dass sie mich gar nicht erkennen würde, und wenn sie mich doch erkennen würde, so wäre meine Niederlage abermals besiegelt: Und so einen habe ich einmal geliebt! Nun ja, ein Jugendirrtum, den ich gerade noch rechtzeitig korrigiert habe. Genau das würde sie denken und ihrem Mann dabei zulächeln. Er würde seinen Arm um Annas Hüfte legen, und beide würden sie ihm den Rücken zukehren, um vor seinen Augen, den Augen des stinkenden lahmen Hephaistos, als göttliches Paar zu entschwinden mit dem Segen dieser ungerechten Lokalgöttin Hera. Das ius primae noctis habe ich genossen, nicht er! Es war eine heilige Hochzeit unter der Kanzel ihres Vaters. Hera hat darüber gewacht. Und das hat ewigen Bestand! Ein Traum, eine Tagträumerei, eine Halluzination im Drogenrausch?

4. Kapitel

Geborgen in den Fältchen der erschlafften Haut zwischen rechtem Daumen und Zeigefinger liegt ein kleiner brauner Fleck; Andreas muß die beiden Glieder nur ein bißchen spreizen, die Haut nur ein wenig spannen, um sich des ersten Wundmals zu vergewissern, das das Älterwerden uns zufügt; es kriecht aus den Fältchen hervor eine ganz einfache, natürliche, geheimnislose Stigmatisierung, sehr real, sehr physisch, kein bißchen metaphysisch, aber für Andreas so bedeutungsvoll wie eine ekstatische Hervorbringung. Der kleine Zeh seines linken Fußes wird der Ethymologie seines Namens gerecht, indem er dem Kopf, der sich da über ihn beugt, tatsächlich etwas zeiht: Da, schau meinen Nagel! Verblichen der rosige Schimmer, die sanfte Wölbung verkrüppelt, die Biegsamkeit verhornt. Was einmal erogene Zone war, an der ein Frauenmund genüßlich gesaugt hat - vertrocknet zur lustfeindlichen Karstlandschaft. Jeden Morgen beugt sich Andreas vor zum Spiegel und forscht nach dem störrischen grauen Haar, das sich zwischen der sonst noch glatten, dunklen Augenbraue verborgen hält, aber quasi über Nacht emporschießt und sich wie ein herausfordernder Stachel Andreas' Blick entgegen reckt: Zupf mich nur! Der nächste wächst schon nach und nimmt morgen meine Stelle ein. Diesen Kampf verlierst du. Wir sind Stachel in deinem Fleisch, das dem, was wir anzeigen, nicht entgehen wird! Andreas zieht den penetranten Hinweis, der durch den schönen Schein des glatten dunkelfarbenen Umfelds dringt, mit der Pinzette heraus, weil er nicht wissen will, und er kappt mit einer Schere die Spitzen der grauen Härchen, die so frech aus seinen Nasenlöchern sprießen, als wollten sie munter den Frühling des Alters ankündigen. Wenn Andreas sich mit seiner Realität als

genau Mittvierziger konfrontierte, dann fand er es kein bißchen tröstlich, daß so ziemlich alle Altersgenossen die berühmte Krise mehr oder weniger durchlitten. Solche Leiden
haben ja auch etwas durchaus Komisches. Da war dieser
Endvierziger, dem der Krebs seine Frau weggefressen hatte,
und der sich auch gegenüber Andreas so lange mit Suizidgedanken zugleich quälte und tröstete, bis ihm durch eine Isis
in Gestalt einer jugendlichen Iris, die sein zerfleddertes Seelenleben wieder zusammenflickte, eine Heilung widerfuhr,
die ihn so stark und gesund machte, daß diese göttliche
Heilerin zur Belohnung auf seinem auferstandenen Phallus
reiten durfte. Solche Heilungsprozesse fördern die Dankbarkeit, fordern dann aber im Überschwang der wieder gewonnenen Kraft neue Herausforderungen und Siege. Da erinnert
man sich an die schmerzlichste aller Niederlagen, die in einen
späten Sieg zu wenden, nun der höchste aller Triumphe
wäre. Und schon beginnt er, dieser Isis, der er doch eigentlich
zumindest aus Dankbarkeit verblichene Glanznummern verschweigen sollte, etwas vorzuplappern von dieser einzigartigen jugendlichen erotischen Großtat, die leider unvollendet
blieb. Da Iris aber nicht nur eine attraktive, sondern auch eine
kluge Frau ist, schlägt sie vor, man könne ja gemeinsam jenen
Schauplatz besichtigen, an dem das so andauernd heraufbeschworene Wunderwesen die Hauptakteurin (unvergessene
Rolle, unvergleichlich gespielt) gewesen sei, und vielleicht
habe man ja Glück und träfe sie sogar an. Sie, Iris, sei dann
lediglich zurückhaltende, verständnisvolle Zuschauerin. Der
sentimentale Erinnerungsakrobat ist geradezu begeistert von
der Idee einer Wiederbegegnung mit jenem Wunderwesen,
also reist man zum erinnerungsprallen Schauplatz. Und es
kommt, o Wunder, tatsächlich zum erhofften Wiedersehen.
Nun haben wir alles beisammen zum Satyrspiel: den alten,
aber völlig unveränderten Biergarten als Ort des verabrede-

ten Treffens (na ja, die Bäume sind schon ein bißchen gewachsen und das Personal hat gewechselt) als Szenerie und die benannten Akteure. Das Wunderwesen hatte als Studentin vor zwanzig Jahren in diesem Biergarten immer mal wieder als Bedienung ausgeholfen. Da das Studium der Wirtschaftswissenschaften sich aber als zu mühselig erwies, war sie weniger im Hörsaal als in dieser Wirtschaft anzutreffen, wo der Wirt weniger an ihrem Wissen als an ihrer Ansehnlichkeit interessiert war, die dem Erfolg seiner Wirtschaft ganz offenkundig gut tat. Eines Tages erschien sie nicht mehr, sie war einfach verschwunden, und der Wirt grämte sich über die Treulosigkeit der Frauen. Sie war tatsächlich fremd gegangen, hatte sich einem anderen blühenden Wirtschaftszweig zugewandt, in dem ihr zwar keine tragende Rolle mehr zufiel, in dem sie aber als Komparsin und bisweilen auch als kleine Nebendarstellerin reüssierte. Sie wurde von der Studentenarbeitsvermittlung immer wieder den diversen Filmstudios empfohlen, die etwas außerhalb der Stadt gelegen waren. Da mußte das Wunderwesen nicht mehr die Launen eines leibhaftigen, übel nach Bier und Tabak stinkenden Publikums ertragen, sondern war nur noch für ein Kinopublikum zugänglich, das ihr Bild - wenn auch meist in einer Totalen kaum auszumachen, aber manchmal durchaus für einen kurzen Augenblick in einer Nahaufnahme zu erhaschen - registrieren konnte, es meist aber wohl einfach übersah. Unser Träumer von vergangenen Zeiten hatte damals das Glück, sich nicht mit ihrem Bild begnügen zu müssen, sondern sie als Wunderwesen (meine Freundin ist beim Film!) mit Leib und Seele zu genießen. Dieser Leib hatte sich ihm dann irgendwann entwunden, aber ihr Bild hatte er sich ein sprödes Eheleben lang bewahrt. Nun also wurde das Bild wieder Körper, stand wieder leibhaftig vor ihm, und Isis-Iris war die Zuschauerin, die sich göttlich amüsierte. Ein hämisches Amusement. Obwohl erst Anfang Fünfzig, hatte die einst so ansehnliche Filmkomparsin bereits einen Altersbuckel, den ihr die Osteoporose aufs Kreuz gepackt hatte. Ihre Weigerung, sich gegen die unausweichlichen Veränderungen, für die sie leider besonders veranlagt war, medikamentös zur Wehr zu setzen, hatte ihren Grund in einer grundsätzlichen Veränderung ihrer Einstellung zum Leben. Sie hatte alles eingestellt, was ihr früher einmal Freude, Vergnügen, Lust bereitet hatte. Ein neuer Lebensabschnitt sollte beginnen, und dazu schnitt sie die kastanienbraun gefärbten Haare ab, die jetzt nur noch wie eine graue Kurzhaarperücke auf dem Schädel ein kümmerliches Dasein fristen durften, auf einem Schädel, unter dem absonderlich sektiererische Gedanken wucherten, die jeder normale Mensch als Unkraut bezeichnet hätte, das schnellstens ausgerupft gehörte. Diese Gedanken standen auf buchstäblich krummen Beinen, den jener krankhafte Schwund der festen Knochenmasse ebenfalls bewirkt hatte; dafür traten die Venen besonders hervor, die zu Krampfadern (mit dem häßlichen Namen Varizen) angeschwollen waren. Noch eine weitere Schwellung verunstaltete den einst so begehrenswerten Leib: er erschien jetzt stets monströs aufgebläht wie die Kinderbäuche in Elendsregionen. Sie, die einst die deftige Kost in der Wirtschaft genossen und stets bestens verdaut hatte, ohne dabei als bildfüllende Nebenperson zu füllig geworden zu sein, sah in jeder Kost nurmehr den künftigen Kot, schmutziges Exkrement des schmutzigen Leibes. Sie wollte nicht länger mehr leibhaftiges Wunderwesen sein, sondern nur noch Geistwesen, Wunderwerk des Geistes, der durchs Weltall geistert. Sie wollte, nachdem sie ihr halbes Leben lang der Welt ihre gefällige Schauseite geboten hatte, ihr nun ihre andere Hälfte, die düstere Kehrseite (die häßlichen Verformungen als Vorboten des Verwesens) zeigen, um jedermann vor seiner eitlen Gefallsucht zu warnen. Welchen Druck mußte sie ertragen haben, welche gewaltsamen Bewegungen, welche Schwankungen zwischenmenschlicher Hitze und Kälte, daß sie gelitten hatte wie ein kostbares Gestein unter den gewaltsamen Regungen der Erdkruste? Kein Zweifel, ihre neue Rolle war auch eine Anmaßung, war die trotzige Antwort auf eine Umwelt, die ihr womöglich einiges Unrecht angetan hatte. Also stieg sie von der ewigen Komparsin auf zur Hauptdarstellerin, und ihre selbst gewählte Rolle war die der vrouwe werlt, der vanitas-Mahnerin. Isis-Iris registrierte in einer Mischung aus Mitleid und Amusement den kläglichen Anblick des so hoch gelobten Wunderwsesens; sie mußte lächeln, da sie gleichzeitig das Bild ihres Mannes vor Augen hatte, wie er ihr im Zugabteil gegenüber saß, den Kopf schräg angehoben, mit innerem Auge die süßen Früchte von einem imaginären Baum der Erinnerungen pflückend, dabei lustvoll an der Pfeife saugend, die Rauchkringel als putzige Heiligenscheine zu jenem Wunderwesen emporschweben lassend, von dem er selig faselte. Als Andreas diese Geschichte mit anhörte, da befiel ihn von Detail zu Detail (von den Varizen bis zu dem monströs aufgeblähten Leib) eine zunehmende Übelkeit, und zuletzt packte ihn geradezu ein Schauder: Könnte Anna, sein Wunderwesen, eine ähnlich schaurige Metamorphose erfahren haben? Wie, wenn die Pfarrersfrau unter dem Einfluß ihres Erzengels zum Geistwesen geworden wäre, das sich lustfeindlich von der Welt abgekehrt hätte? Sollte er sich wirklich in ein Abenteuer stürzen, wovon die Geschichte seines Freundes doch ganz und gar abzuraten schien? Die Gedankenspielerei war eröffnet; hinzu kam eine Zahlenspielerei, die ihn mehr und mehr behexte: Da war zunächst die Zahl 44 (so alt war er mittlerweile), die ihn als Adepten der Theorien (Symmetrie und Proportion in den alten deutschen Versepen) seines einstigen Professors zu entsprechenden Spielereien und Mystifikationen anregte. Die Hälfte von 44 war 22. Subtrahierte man die 22 von der gegenwärtigen Jahreszahl, gelangte man ins Jahr 1967, in dessen Sommer er gemeinsam mit Anna die Aventiure von Tristan und Isot kennen gelernt und sogleich nachgelebt hatte. Und zwanzig Jahre war es nun her, daß jener mit zwei Raffzähnen bewaffnete Theologe ihm Anna weggeschnappt hatte, um seine Beute zumindest räumlich in eine Rand- existenz zu verschleppen. Bei so vielen bedeutsamen Zahlen fängt man schon an zu rechnen. Es gab also reichlich An- knüpfungspunkte in Form von Jubiläen, die eine Kontaktauf- nahme hätten begründen können, ohne Anna gleich in Kon- fusion zu stürzen. Aber die kalte Mathematik gab Andreas noch nicht den rechten emotionalen Schub, seine Zahlen- spielereien für ein Unterfangen einzusetzen, von dem er ja nicht wissen konnte, ob und welch ernste Konsequenzen (salopp formuliert: welch heiße Story) sich daraus ergeben könnten. Zum Katalysator, zum Stoff, der in Andreas die che- mischen Reaktionen hervorrief, die seine Hirnzellen dazu ani-mierten, ihm hitzig den Befehl zu erteilen, kopflos (restlos aus dem Bauch heraus) zu reagieren, wurden die Fernsehbil- der, die jene ostdeutschen Bürger in der ungarischen Som- merhitze zeigten, wie sie, nur mit Badehose oder Bikini be- kleidet, von den Campingplätzen an die Grenze zum Westen drängten, um diese endlich, endlich zu passieren. Der Drang zu Eltern, Brüdern und Schwestern, Kindern, Jugendfreun- den, ja, und wohl auch zu einstigen Geliebten, von denen man jetzt schon zweimal zwanzig Jahre getrennt war! Beginn eines unberechenbaren Wandels voller Risiken. Ach, diese Freudentränen! Und welche ersten Enttäuschungen? Nun hatte Andreas die rechte sentimentale Stimmung. Die Ereig- nisse verheißen Wiedervereinigung. Hier ließe sich Weltpoli- tisches und Privates zusammen bringen. Ein Stoff, aus dem sich eine sentimentale Geschichte mit höherer Bedeutung ergeben könnte! Seine unbedeutende private Geschichte würde, verbunden mit diesen noch kaum zu fassenden politischen Ereignissen, ihre höheren Weihen empfangen. Der entscheidende Impuls war da, und Andreas Puls schlug schneller.

Liebe Anna,

es ist jetzt ziemlich genau zehn Jahre her, daß ich Dich mit Deinen Kindern zwischen den Tempelruinen von Paestum habe herumturnen sehen. Na, und was nochmals zehn Jahre zuvor war...Alte Geschichten, fast so alt wie die Basilika, die wie halbversunken dasteht. In Paestum habe ich Dich in eine Aureole entschwinden sehen, die die merkwürdige Beleuchtung auf den Horizont hinter dem Tempel der Aphrodite gemalt hatte. Du bist aber für mich keineswegs halb versunken, und ich wünschte mir, daß Du endlich wieder erscheinen würdest. Was jetzt womöglich einem ganzen Volk widerfährt, sollte uns doch nicht verwehrt sein - uns wiederzusehen! Laß zumindest von Dir hören!

Andreas

Es war für Andreas, nachdem er sich einmal zum Nachforschen entschlossen hatte, nicht schwer gewesen, über gemeinsame Freunde aus der Studienzeit Annas Adresse ausfindig zu machen. Viel schwieriger war es, den fertigen Brief in den Kasten zu stecken, als sei dieser Brief ein Diebesgut, das es heimlich zu verstecken galt. - Mein Gott, ich habe doch nichts gestohlen! Oh doch! Du weißt sehr gut, daß ein Dieb in dir steckt, ein Dieb, der Sibylle etwas gestohlen hat, das du als Hehlerware nun Anna anzudienen im Begriffe bist. Kein sauberes Geschäft, mein Lieber! - Andreas sah sich verstohlen um, hob den Deckel zum Einwurfschlitz und schob das

Couvert halb hinein, zog es aber sofort wieder zurück. Der gelbe Kasten war über das Wochenende nicht geleert worden, quoll jetzt also fast über. Wenn er den Brief da hinein täte, könnte er ihn zur Not wieder heraus fischen. Aber das könnte dann auch ein anderer! Dies war kein sicheres Versteck! Andreas spürte eine gewisse nervöse Erschöpfung, die ihn schon aufgeben lassen wollte. Und dann stocherte er mit einer letzten Anstrengung mit seinem Brief zwischen den anderen herum, stocherte ihm zwischen all den angehäuften Couverts, die sich widerspenstig verbogen, eine Bahn in die Tiefe und begrub seine dunkel auf Komplizenschaft zielende Botschaft schließlich unter irgendwelchen banalen, möglicherweise nicht weniger zweifelhaften Geschäftsbriefen. Der Brief kam an mit all der Post, die üblicherweise im Büro des Pfarrhauses landete. Gabriel nahm von dem an seine Frau adressierten Brief flüchtig Notiz, registrierte absichtslos den Herkunftsort auf dem Poststempel (es war keineswegs ungewöhnlich, daß er oder seine Frau Briefe von dort erhielten) und übergab Anna am Mittag als unwissender, unfreiwilliger Komplize die Hehlerware. Die Briefe der Freunde aus der alten Heimat waren immer handschriftlich adressiert. Schon vor dem Öffnen wußte Anna stets, wer ihr da geschrieben hatte. Auf diesem Brief war die Adresse mit der Schreibmaschine geschrieben, was also ungewöhnlich und auffällig war. Wieso hatte Gabriel das nicht bemerkt, wieso zeigte er sich nicht erstaunt, wieso keine Bemerkung und keine Frage? In diesem Augenblick begann Annas Komplizenschaft mit etwas, das ihr zwar noch völlig dunkel war, das aber zu verdunkeln sie sich schon entschlossen hatte. Sie räumte den Eßtisch ab, legte den Brief auf das Tablett und nahm ihn also mit hinaus in die Küche. Da lag dieses obskure Objekt, nun von ihr selbst wie von einem Dienstmädchen auf dem Tablett serviert, und wartete darauf, die Herrschaft möge doch endlich zugreifen, sich selbst das Geheimnis lüften. - Was soll das schon für ein Brief sein! Von irgendeiner Behörde, sicher etwas Amtliches. Aber was für einen Grund sollte es dafür geben? Und außerdem klebte dann nicht diese auffällige Sondermarke auf dem Umschlag.

Gabriel hatte sich schon vor ein paar Jahren die Zähne richten lassen. Keine radikale Korrektur, dies wäre zu auffällig gewesen, nur ein diskretes Zurechtrücken der Raffzähne mittels einer einzementierten Zahnspange, was allerdings den Herrn Pfarrer für ein Jahr so aussehen ließ, als habe man seinen Reißzähnen einen Maulkorb verpaßt. Der geübte Rhetoriker mußte zudem seine Zunge mit teilweise grotesk anmutenden Sprechübungen daran gewöhnen, sich mit einem immer engeren Aktionsraum zu begnügen, um nicht anstößig zu klingen. Das eigentlich Anstößige, ja, ekelhaft Verwerfliche, womit er Anna lange Zeit traktiert hatte, war seit einem Jahr Vergangenheit. Die beiden waren, als die Tochter des Hauses fröhlich ins erste Semester in die dem Vater nur allzu vertraute Universitätsstadt gezogen war, überein gekommen, das frei gewordene Zimmer als Annas Schlafzimmer herzurichten. Den Kindern wurde dies mit den unterschiedlichen Einschlafgewohnheiten der Eltern erklärt. Insofern waren in dieser Ehe die Dinge so gerichtet, daß weder Bissigkeiten das Zusammenleben zerfleischten, noch demütigende, obszönwiderliche Betropfungen es weiter aushöhlten. Mit dem Ausrangieren einer Ehebetthälfte in ein anderes Zimmer hatte man sich zwar arrangiert, aber natürlich war damit mehr als nur ein Möbel in der gemeinsamen Wohnung Ehe verrückt worden, in der man sich einst mit dem Schwur eingerichtet hatte, daß alles ewig unverrückbar sei. "Du bist es, die dem Teufel Eingang verschafft hat" verfluchte der Gottesmann der Frühkirche das Weib. Andreas hätte ihm insofern zugestimmt, als er in dem ehemals raffzahnigen Gabriel sicher den Teufel gesehen hätte, dem Anna dorthin Eingang verschafft hatte, wo seiner Meinung nach nur er selbst ein Leben lang hinein gehört hätte. Das Weib ist Fleisch, der Mann aber ist Geist. O heiliger Augustinus! Dies war doch kein katholisches Pfarrhaus mit Pastor und Haushälterin, sondern ein sehr deutsches protestantisches Pfarrhaus, in dem der Frau eine eigenständige, verantwortungsvolle Aufgabe zugewachsen war. Nicht so an der Ostgrenze der Republik. Gabriel hielt es mit der ewigen Macho-Botschaft: Das Weib ist die Verkörperung des Satans, eingehüllt in einen schönen Leib, um des Mannes Sinne zu umnebeln und ihm schließlich die Herrschaft zu rauben. Also ist auch Anna zu unterjochen und zu beherrschen! Jahrelang fand sich Anna mit der ihr zudiktierten Rolle der Haushälterin und Putzfrau, der Pfarrsekretärin und Gemeindehelferin ab, getreu der Feststellung des Evangelischen Pressedienstes: "Frauen tragen die Kirche - Männer regieren sie." Sich als Pfarrersfrau dieser Maxime durch Scheidung zu entziehen, war undenkbar. Denn die Forderung der Frauen, die nach ihrer Scheidung von der Kirche erwarteten, daß sie die Zahlungsmoral der geschiedenen Kirchenmänner anmahne, galt und gilt als intrigant und rachsüchtig. Dennoch sann Anna darauf, wie sie die unsäglichen Glaubenssätze des Lexikons für Theologie und Kirche mit einer emanzipatorischen Tat zum Einsturz bringen könne. Mußte sie wirklich empfangen und tragen, und dies buchstäblich auf ihrem Rücken? Ist das, was sie sie erlitt, wirklich der Weg, um zu opferfreudiger, versagender Hingabe zu reifen? Na schön, wenn sie nach dieser Lexikonweisheit wirklich zur Labilität und zur Wandlungsfähigkeit des Wollens prädestiniert war, wenn sie wirklich weniger im schlußfolgernden Denken als im intuitiven Erfassen zuhause war, dann wollte sie die Lustfreundlichkeit in der Bibel wiederentdecken, dann wollte sie einen lebendigen Gottesdienst voller Sprengkraft und Leidenschaft. Und dies gemeinsam mit Leidens- und Gesinnungsgenossinnen. Also begann sie, sich den Herrschaftsgelüsten Gabriels zu widersetzen und als selbst ernannte spirituelle Matriarchatsforscherin Schwestern im Geiste um sich zu scharen. Ihre Forscherausrüstung bestand in einem knöchellangen, bunten, wallenden Fummel im Schlabberlook, einem langen, lose gebundenen Schal, dessen lockere Schlinge etwa in Nabelhöhe baumelte, und dessen Enden bis zu den Oberschenkeln reichten. Hinzu kamen noch etliche Tücher aus Chiffon in verschiedenen Farben. Ihre Expeditionsbegleiterinnen waren ebenso ausgerüstet. Die Expeditionen führten in die Kirche, wo der Altar mit einer großen runden Tischlerplatte abgedeckt war, die ein purpurnes Tuch verhüllte. Den Rand dieser Kultstätte begrenzten die unterschiedlichsten Gegenstände des Alltags, so daß der umfunktionierte Opfertisch mehr einer höchst profanen und ziemlich willkürlichen Installation der Popkultur glich als einem sakralen Arrangement, denn was da das Rund begrenzte und einen zwar etwas rätselhaften, aber doch gänzlich poesielosen Zauberkreis bildete, waren eine halbleere Schnapsflasche, eine angebrochene Zigarettenschachtel, ein Plastikröhrchen mit irgend einem Sedidativum darin, auffälliger, penetrant aufdringlicher Modeschmuck, ausreichend, einen Pfingstochsen damit zu schmücken, ein Gürtel, an dem auf der Schnalle das Signet des gerade hochaktuellen Modedesigners prangte, usw. Die Expedition hatte kein Ziel, das in bestimmten Etappen zu erreichen gewesen wäre, sondern drehte sich buchstäblich im Kreis, immer um die runde Tischplatte und die banalen Gaben herum. Und die Musik, die aus den Lautsprechern klang, über die sonst Gabriel die Botschaften seiner sonntäglichen Predigten verstärkte, drehte sich ähnlich im Kreis, eine postmoderne, mit Zitaten vorbarocker und noch früherer Kirchenmusik angereicherter Neoarchaik, so stupid und eingängig, daß sie die Choreographie der Gänge um die Platte nicht gerade beflügelte, aber auch nicht ins Stolpern geraten ließ. Das gemeinsame Kreisen war so platt und simpel nicht, denn immerhin umschritten die Damen der Tafelrunde, sich gegenseitig an den Händen haltend, nicht nur das von ihnen geschaffene magische Zentrum, sondern sie lösten sich auch von einander, drehten sich, weiter im Kreise schreitend, selbst im Kreis, wobei die Kreisbewegung einer Hand zudem das Chiffontuch in der Luft kreisen ließ. Ein magisches Ringelspiel, schön bunt und sicher viele bedeutende Gedanken umkreisend, die in den Köpfen herumkreisten. Es gab auch bedeutende choreographische Variationen: Da wurden gemeinsam die Arme gereckt (nein, nicht gespannt strebend und fordernd, sondern leicht gerundet, hingebungsvoll und bereit zu empfangen) und die Hände sanft aus den Handgelenken geschwenkt. Ein heiliges Winke-Winke. Wäre Andreas Zeuge dieser Rituale oder Zeremonien gewesen, ihn hätte diese Mischung aus schierem Dilettantismus und unsäglichem Kitsch zum sarkastischen Einwurf heraus gefordert: Toll, die Damen, ganz toll, wie ihr eure Leiber wieder entdeckt! Nein, diese Leidenschaft und Sprengkraft! Ihr werdet mir Gott doch nicht so verführen, daß Pfarrer Gabriel, einen Strauß weißer Lilien im Arm, demnächst gleich mehrere Hausbesuche zwecks einer gewissen Verkündigung absolvieren muß! Die Damen waren in Wahrheit viel mehr auf sich selbst fixiert als auf den lieben Gott. Im Mittelpunkt ihrer Aktionen standen diese an solchem Ort etwas merkwürdig anmutenden Requisiten, die Schnapsflasche, die Zigarettenschachtel, die Beruhigungspillen. Diese Requisiten gehörten ihnen selbst oder sie waren einer abwesenden Freundin zugeordnet. Es war theatralisches Zubehör, das die Rollen der einzelnen anwesenden oder auch abwesenden Darstellerinnen emblematisch charakterisierte. Eine jede der wunderlichen Hohepriesterinnen nahm ein Kerzenlicht, entzündete es, um es dann mit beschwörenden Worten vor einen der symbolträchtigen Dinge aus ihrem eigenen Alltag oder dem einer Freundin zu stellen: Möge ich selbst, möge meine geliebte Schwester loskommen vom Alkohol, vom Nikotin, vom eitlen Tand. Möge der Geist Gottes unseren Körper erlösen von dem Übel! Anna war zum Markengeier geworden. Die Pfarrersfrau, die der Gemeinde doch ein Vorbild an Bescheidenheit hätte sein müssen, ein Vorbild, das durch seine Schlichtheit dem schnöden Materialismus, dem Konsumterror hätte die Stirn bieten müssen, war eine eitle Vierzigerin, die nach jedem Tand gierte in der Hoffnung, die Männeraugen auf all die Accessoires zu lenken, um von der eigenen Person und damit den Mahnmalen abzulenken, die vor allem sie selbst an jene Reife gemahnten, die ja nur eine euphemistische Umschreibung ist für die einsetzende Fäulnis, deretwegen ihr Mann ohne Zweifel sich an dieses junge Gemüse hielt, dessen rhetorische Fähigkeiten er als ein nicht ganz selbstloser Gärtner zur Reife brachte. Also trat eine der eurythmisch Entrückten aus dem Kreis, nahm ein Kerzenlicht und entzündete es für Anna mit den Worten: Ich bitte für Anna, daß sie ihre Leiblichkeit wiederentdecken möge, daß sie ihre Leiblichkeit so akzeptiere, wie sie ist, daß sie Ja sagt zu sich selbst, daß sie erkenne, daß sie nicht Eigentum eines Mannes ist, sondern allein Eigentum Gottes. Denn es gibt nicht mehr Mann und Frau, sagt der Apostel, sondern ihr alle seid einer in Christus Jesus, der sich von einer Dirne die Füße waschen und die Haare trocknen und salben ließ. Wir sehen also, daß bei Jesus auch die erotische Dimension nicht verkümmert war. Geliebte Anna, wir alle wollen zu unserer Leiblichkeit stehen und uns ihrer freuen, unverstellt, ungeschmückt, selbstbewußt und stolz darauf, wie wir sind! Diese

Worte bewegte Anna fortan in ihrem Herzen. Aber dennoch lag der ominöse Brief immer noch jungfräulich unversehrt auf dem weißen Tablett. Anna genoß jetzt ihr Zögern. Das Aufreißen des Briefes wäre wie das plötzliche, entschlossene mutige Aufreißen eines Vorhangs, hinter dem man etwas Unheimliches vermutet hatte - und dann war gar nichts dahinter, der Schauder schnell erloschen, alles so harmlos und langweilig wie früher. Das Zögern ließ Raum für Phantasien, die schnell die erste Seite eines möglichen Abenteuers füllten, die aber wahrscheinlich durch das Aufreißen des Briefes gleich mit zerrissen wäre. Nein, lieber bis zum Abend warten, um mit dem Brief unter einer Bettdecke zu stecken, die man nicht mehr mit Gabriel teilte. - Ich mache mich doch nicht verrückt! Was soll der Quatsch! Das Ding gehört zerrissen und ungelesen zum Abfall.- Aber ein Brief ist nun einmal kein gewöhnliches Ding, das sich so abfällig behandeln ließe, und so wurde er nur gefaltet und in die Kostümjacke gesteckt. Am Abend brannte das Leselämpchen neben Annas Bett wie gewöhnlich auch dann noch, als Gabriel einen Stock tiefer längst eingeschlafen war. Diesmal diente das Licht aber nicht der Lektüre eines der eben erschienenen Romane, die sie sich von ihrem Buchhändler zum Probelesen mitgeben ließ, und mit denen sie ihr Einschlafbedürfnis zu fördern versuchte, sondern es erhellte diesen Brief, dessen Botschaft Anna trotz des ermüdenden Tagesgeschäfts hellwach machen würde. Sie legte den Brief in ihren Sekretär, schloß das Geheimfach ab und löschte das Licht. Sie schaltete das Licht wieder an, öffnete den Sekretär, schloß das Geheimfach auf, entnahm ihm den Brief, zog das einzige Blatt heraus, las, faltete das Blatt wieder, steckte es zurück in das Couvert, stand auf - Licht an, Licht aus, Licht an, Licht aus - und immer der gleiche szenische Ablauf. Absurdes Theater! Wenn sie im Dunkeln lag, memorierte sie: "...in eine Aureole ent-

schwinden sehen...was jetzt einem ganzen Volk widerfährt..." Noch in dieser Nacht schrieb sie Andreas ihre Antwort.

Lieber Andreas,

ich bin nie in Paestum gewesen. Da hast du etwas halluziniert. Ich meinerseits glaubte zu halluzinieren, als ich Dein
erstes Lebenszeichen nach zwanzig Jahren in Händen hielt.
Als mir dann bewußt wurde, daß dies kein Traum war, war
ich doch total schockiert. Es ist ja möglich, daß schon in naher
Zukunft ein ganzes Volk wieder zueinander findet. Es wird
lange dauern, bis es wieder eine gemeinsame Sprache gefunden hat. Wie sollte das bei uns anders sein? Wird es uns gelingen, gemeinsam einen Sprachbogen zu schlagen vom
Damals ins Heute? Oder werden wir, wenn auch nur halb so
lange von einander getrennt wie die beiden Hälften unseres
Volkes, keine Sprache finden, die unseren jetzigen Verhältnis-
sen (denn nichts ist mehr so, weder für Dich noch für mich,
wie es einmal für uns beide war) angemessen ist? Sollte eine
neue gemeinsame Sprache möglich sein, dann könnte irgendwann auch ein Wiedersehen denkbar sein. Mehr vermag ich
in diesem ersten Brief nach so langer Zeit mit dem besten
Willen nicht zu sagen.

Anna

Ich bin nie in Paestum gewesen! Alles nur halluziniert. Ver-
dammtes LSD! Wie bin ich als ein schweißnasser Hephaistos
mit überhitzten Phantasien hinkend zwischen den Tempeln
umhergeirrt! Grotesk!- Nachdem Andreas sich allmählich
wieder beruhigt hatte, memorierte er beständig dieses "einen
Sprachbogen schlagen". - Spinnt diese Frau? Will sie mir eine
germanistische Hausaufgabe aufbrummen? Zwanzig Jahre

Schweigen. Stillstand der Sprech- und Schreibwerkzeuge, vermodert, verrostet. Sich wieder finden als Sprachfindung, als Stilübung! Einen Sprachbogen schlagen, ein Sprachbogen als neuer Brückenschlag. Was meint sie überhaupt? Das ist kein Brückenschlag, das ist eine Blockade: Glaube nur nicht, mit mir so reden zu können wie früher! Bilde dir nicht ein, das neue Ufer sei das alte, an dem wir plaudern könnten wie vor zwanzig Jahren an den Ufern des Flüßchens, wo du mir unter den Rock gegriffen hast, um Liebesgeflüster aus mir herauszukitzeln! Sie hat ja so unrecht nicht. Mit dem Wieder-miteinander-sprechen verspreche ich mir...nun was? Er und Anna lebten weit von einander entfernt, es war genügend freier und leerer Raum zwischen ihnen, der eine reife Intimität ermöglichen könnte, ein trennender Schutzraum auch, der ein Aneinanderklammern verhindern würde, zudem ein Freiraum, der Platz schaffte für eine Art Tanz, bei dem man sich vor- und rückwärts bewegen, ständig neue Formen und Figuren entwickeln könnte, um sich geistig immer wieder neu zu bewegen und zu begegnen, um einander zu erkennen, ohne die bitteren Überraschungen von Eifersucht und Groll. Ach, waren das hehre Gedanken, köstliche Illusionen, zart kolorierte Perspektiven! Die Chance für große Emotionen und zugleich die Chance des vacare Sancto, denn man würde sich das Weib ja vom Leib halten! Dann eben zunächst der Versuch eines verbalen Brückenbogens.

Liebe Anna,

Du warst wirklich niemals in Paestum? Ich hätte geschworen, Dich als Karyatide erkannt zu haben, zu der Du für mich wurdest, als ich Dich gegen eine Säule gelehnt zu sehen glaubte. Ja, so mädchenhaft erschienst Du mir. Habe ich Dich doch nicht altern gesehen! Und noch immer siehst Du für mich aus wie in jener hellen Julinacht, als Du von der Parkbank aufgestanden bist und beim Weggehen noch einmal kurz über die Schulter zu mir geschaut hast...Mir ist, als ob unser Film mit dieser Szene zu einem Standbild geronnen sei. Und seitdem glaube ich an das Erscheinen des Filmvorführers, der schon viel zu lange seine Kabine verlassen hat, und der mit einem kleinen Handgriff doch endlich den Film wieder zum Laufen bringen könnte! Eine absurde Vorstellung, ich weiß. Kennst Du das gurgelnde Geräusch, mit dem der Ton abbricht, wenn der Film ins Stocken gerät bis zum Stillstand? So gurgeln in mir die letzten Worte unseres Abschieds: Also dann, tschüs...Ein abgebrochener, unvollendeter Dialog. Zeit für einen verbalen Brückenschlag, den Sprachbogen, auf den Du setzt, auf daß wir einander wenigstens mit Worten begegnen, mit Worten, die nicht die alten wären, nicht mit trügerischen Worten, die verleugneten, was inzwischen gewesen ist in all den Jahren, da wir nichts von einander wußten. Ich bin frei vom Wahn der besitzergreifenden Liebe. Wahrscheinlich bin ich ganz einfach nur ein bißchen sentimental und wünsche mir gewissermaßen als Jubiläumsgeschenk (zu unserem zwanzigsten Trennungstag) endlich die Lösung der Frage: Warum ist der Filmvorführer damals nicht mehr zurückgekehrt? Ist das schon zu viel verlangt? Ganz herzlich

Andreas

Anna schwenkte, die von ihr entworfene und gestaltete Kultstätte mit ihren Gefährtinnen umtanzend, das rote Chiffon-Tuch, als wäre es der Brief von Andreas, mit dem sie Richtung Kanzel dem abwesenden Hausherrn zuwinkte: Ave, Gabriel! Rollentausch. Ich hätte dir da etwas zu verkünden: Es gibt noch Liebe und Treue im Geist echter Freundschaft. Und ich weiß, dieser Freund wird mich heimsuchen, und ich werde diese Heimsuchung keineswegs als einen gewaltsamen Hausfriedensbruch empfinden, sondern als das Wirken Gottes als Filmvorführer. Aber das verstehst du natürlich nicht. Und meine Verkündigung behalte ich schön für mich. Damit war entschieden, welche Rolle Gabriel in dem beginnenden Dreiecksverhältnis zu spielen haben würde: der weitgehend unsichtbare Dritte, ohne jegliche Macht, irgendwelche Fäden spinnen oder gar Ränke schmieden zu können. Anna war ihm in ihrem Herzen untreu geworden, schon längst, aber jetzt wußte sie es.

Das Leben in einer Kleinstadt an einer gewaltsam gezogenen Trennlinie, die das Umland zum vernachlässigten Randgebiet machte, wohin es niemanden zog, keinen Jungunternehmer, keinen Investor, keinen Examinierten oder gar Promovierten, der eine Existenz als Selbständiger zu gründen plante; das Leben in einer solchen Stadt und in einem solchen Umfeld ist einfach zu langweilig. Da half auch nicht der offene Brief des Oberkreisdirektors an die deutschen Medien, in dem er versuchte, Lebensqualität und Stolz seines geschmähten Landstrichs endlich einmal gebührend herauszukehren. Wer in diesen von verbauerten Hinterwäldlern bewohnten Landstrich verbannt wurde, dem stank dies buchstäblich, denn die endlosen Felder waren zugeschüttet worden mit der Gülle der zahlreichen Geflügelmastbetriebe. Um diesen Ort zu finden, mußte man also nur immer der Nase lang gehen, um schließlich in einer Fußgängerzone zu landen, die den Eindruck erweckte, hier sei die Welt zu Ende und also jeder weitere Fußmarsch zwecklos. Keine Chance, in schönere Welten zu flüchten, in ein Theater, in ein Programmkino, in ein Kustmuseum. Man war angewiesen auf den Reichtum seines Innenlebens. Nicht ganz, denn es gibt immerhin eine Besucherorganisation. Aber was macht die schon? Bietet zwischen September und Mai acht Besuche im provinziellen Stadttheater an, zu dem man eine gute Stunde mit dem Bus fahren muß, in dem all jene hocken, deren Haupthaar aus der Vogelperspektive einen Silbersee vortäuscht. Und was für Angebote? Zwei Operetten, manchmal auch nur eine Operette ("Ganz ohne Weiber geht die Chose nicht") und ein Musical ("Es grient so grien"), eine deutsche Spieloper ("Auch ich war eine Knabe im lockigen Haar") eine große Oper ("Nie sollst du mich befragen"), der weder Orchester, noch Solisten und Chor gewachsen sind, was sowohl quantitativ als auch qualitativ zu verstehen ist, eine Klassikerinszenierung (" Sire, geben Sie Gedankenfreiheit!"), die stolz ist auf ihre präpotente Konzeption und mutwillig alle modernistischen Tendenzen aufgreift, eine Boulevardkomödie (Alltagsdialoge, die jeder kennt und keiner behält), deren Aufführung Klamauk mit Komik verwechselt, als gewagte Erstaufführung ein Kammerspiel, das der Hausdramaturg tollkühn aus seinem "Giftschrank" hervor geholt und todesmutig auf den Spielplan gehievt hat, und dann, ach ja, auch noch ein Ballettabend (Handlungsballett, dessen Choreographie souverän jede neue Entwicklung negiert) mit dem die vier "Hupfdohlen" (alle mit Soloverpflichtung) und ihre drei männlichen Partner einmal ausbrechen dürfen aus ihrem rein dekorativen künstlerischen Dasein, das gewöhnlich nur aus kunstlosen Einlagen seine Existenzberechtigung bezieht. Man mußte nicht das Abonnement mit allen acht Vorstellungen buchen, sondern konnte sich auch mit einem Wahl- Abo für die leicht-seichte oder gehoben-anspruchsvollere Variante mit je vier Abenden entscheiden. Letztere traf den Geschmack Annas, die also im verregneten November oder im genauso verregneten Februar mit dem Bus in die Dunkelheit hinein fuhr, in pechschwarzer Nacht zurückkehrte und dazwischen für die Mühe kaum mit einem Lichtblick belohnt wurde. Die Busfahrten hatten den Charakter einer Volkshochschule auf Rädern. Auf der Hinfahrt gefiel sich der unvermeidliche Deutschlehrer in der Rolle des Dramaturgen (zu Beginn seiner germanistischen Studien, die er anfänglich als Lebenshilfe begriff, noch sein angestrebtes Berufsziel) und dozierte über die Verirrungen der Regisseure, die sich zu schade wären, ein Stück vom Blatt spielen zu lassen, und stattdessen glaubten, das Werk des Autors mit Strichen, Umstellungen, Ergänzungen dekonstruktivistisch verbessern zu müssen, die mit solchen Verschlimmbesserungen aber nur ihre eigenschöpferische Impotenz exhibitionistisch zur Schau stellten. Und dann die Schauspieler! Ob die mitfahrende Theatergemeinde nicht auch schon längst bemerkt habe, daß die meisten der jungen Mimen doch tatsächlich einen S-Fehler hätten! Eine lispelnde Jungschar, die auch noch stolz sei auf ihr sprecherisches Unvermögen, da es doch nicht mehr auf handwerkliches Können, sondern nur noch auf die richtige Gesinnung ankäme. Fehlte nur noch, daß dieser Möchtegern-Dramaturg plädiert hätte für die Ausweitung des Radikalenerlasses auf Staatsschauspieler. Auf der Rückfahrt extemporierte er dann die Kritik, die er in noch strengerer Form für das Lokalblättchen verfassen würde: Nein, dieses Bühnenbild! Giftgrüner Kunstrasen und bunte Neonröhren an den Wänden! Da habe ein Starbühnenbildner diese Mittel zu seinem Markenzeichen gemacht, und jetzt kopierten selbst in der tiefsten Provinz alle schwächlichen Plagiatoren diese tollen Errungenschaften in der Hoffnung, über den Kunstrasen in ein attraktiveres Engagement hüpfen zu können. Das seien doch nur eitle, dumme Bocksprünge auf dem Buckel von uns armen Zuschauern, die zu einer blöden und lammfrommen Hammelherde degradiert würden, weil wir nicht aufbegehrten gegen diese Zumutungen! Es wäre zu schön gewesen, wenn Anna während solch trostloser Exkursionen wenigstens Andreas in den Sinn gekommen wäre, immerhin spielte das Theater in beider Leben eine nicht unbedeutende Rolle, insofern es entscheidender Auslöser der Peripetie ihres jugendlichen Dramas war. Aber so romantisch ist diese Geschichte nicht. Nicht einmal Andreas bedeutete für Anna bei diesen Theaterexkursionen einen gewissen Lichtblick, sie dachte ganz einfach nicht an ihn. Man konnte natürlich auch zuhause, wenn nicht mit Kunst im eigentlichen Sinne, so doch mit Kochkunst einen Abend für die Honoratioren (Arzt, Apotheker, Notar) gestalten und sogar dabei brillieren. Anna, die immerhin aus jener Landschaft stammte, wo das Savoir-vivre und die französische Küche für die Menschen identitätsstiftend sind, ja, der bewußten Abgrenzung zum nach wie vor als "Reich" titulierten Rest der Republik dienen, hatte alle alten Rezepte ihrer neuen Heimat gesammelt und auf dieser Basis mit den Produkten der Region phantasievolle Variationen kreiert, was ihr sogar zu überregionaler Beachtung verhalf, als ein populärer Kochbuchautor eines ihrer Rezepte in sein Werk "In deutschen Töpfen - und das nicht nur sonntags" aufnahm. Gabriel hatte übrigens eine Art theologischen Bewertungsmodus der Kochkunst seiner Frau entwickelt: Kam ein Gericht auf den Tisch, das auch Gnade unter dem Gaumen des besagten Kochbuchautors gefunden hätte, dann lud er mit "Komm, Herr Jesus, sei unser Gast" die allerhöchste Autorität zum Mahle. Erkannte er aber, daß die Schüsseln eher ein Mixtum compositum von Sättigungsbeilagen waren, dann bat er mit "Vater, segne diese Speise" um eine wenigstens ideelle Aufwertung der faden Ernährung. Man konnte sich natürlich auch in den öffentlichen Raum (nicht nur in den der Kirche) begeben und sich politisch engagieren. Ja, einmal wurde es sogar richtig aufregend, als tagelang ein Güterzug, dessen mit irgendeiner verseuchten Fracht beladenen Waggons klammheimlich von einer undemokratischen Behörde auf ein Abstellgleis dirigiert und rangiert worden war, die Bewohner des Städtchens zunehmend in Aufruhr versetzte und der örtlichen Umweltschutzbewegung endlich das ersehnte handfeste Material zum demonstrativen Handeln lieferte. Anna setzte sich an die Spitze der Protestbewegung und agierte und agitierte als leibhaftige Jeanne d'Arc der Bahngleise, tapfer ausharrend in Kälte und Nässe - und dies immerhin vor den laufenden Fernsehkameras des Regionalstudios, Bilder, die schließlich aber sogar zu ihrer sekundenlangen Präsenz im bundesweit ausgestrahlten Programm führten, Bilder, die Andreas leider nie gesehen hatte, von denen er nicht einmal wußte. Und da waren natürlich noch die Kinder, die Anna in dem Maße beanspruchten, wie das Kinder heute zu tun pflegen: Sie lassen sich von Mutter da und dort hin chauffieren, um den Terminplan ihrer vielfältigen Aktivitäten einhalten zu können, sie quengeln, wenn der Lohn des Gottesmannes nicht erlaubt, daß jeder irdische Wunsch prompt erfüllt wird, wie es eigentlich Mode bei den Familien der Gemeinde ist. Wenigstens hat man in den Ferien mittlerweile vor den beiden Ruhe, da sie alt genug sind, selbständig Reisen mit gleichaltrigen Freunden zu unternehmen. Man überfliegt diesen Bericht, liest ihn bestenfalls diagonal, vielleicht findet sich ja irgendein ungewöhnliches Detail. Genauso betrachtete Anna selbst ihr Leben. Die Tage und Jahre - als flögen sie davon. Dann und wann ein fröhliches oder düsteres Ereignis, das die Erinnerung herbei flattern läßt, flüchtig das Denken umflattert und - wie war das noch?- auch schon wieder ins abermalige Vergessen davongeflattert ist. Nun böte sich die Assoziation an, Anna sei eine flatterhafte Natur gewesen, und daher rühre ihre schon länger währende Untreue. Aber Anna war Gabriel nicht im eigentlichen Sinn untreu, sie hatte sich nicht bis zur handfesten Treulosigkeit mit ihm entzweit, obwohl sie zumindest etwas ahnte von seinen Versuchen, seine rhetorischen Übungen, die darauf zielten, die Beziehungsebene zwischen Sender und Empfänger verbal und nonverbal so zu gestalten, daß die Botschaft begierig aufgenommen wurde, daß diese Versuche also auch darauf zielten, die Beziehung zu der einen und anderen Studentin verbal und schließlich vor allem nonverbal so auszuschmücken, daß von reiner Rhetorik nicht mehr die Rede sein konnte. Nein, sie war nur nicht mehr eins mit ihm in allen Dingen, wie das in den ersten gemeinsamen Jahren einmal war. Sie stand nicht mehr bedingungslos zu ihm, teilte nicht mehr seine Meinung in entscheidenden Fragen, ja, es kam so weit, daß sie eine zunächst als ernst zu beurteilende Krankheit Gabriels weniger fürchtete aus Sorge um ihren gefährdeten Mann als in der Sorge, ihr eigenes Leben könne dadurch beeinträchtigt werden. Es war ihr immer stärkerer, ja, und auch zunehmend rücksichtsloserer Egoismus, den sie selbst als eine Form der Untreue empfand. Dies alles wußte Andreas natürlich nicht, konnte es nicht wissen. Und so fehlten ihm die Konnotationen, die stumme Begleitmusik, deren Kenntnis Andreas die Brieftexte von Anna sicher anders hätte entziffern lassen, als er es in seiner Unkenntnis tat. Ähnliches galt umgekehrt natürlich auch für Anna. Und damit haben wir die klassische Voraussetzung für allerlei Mißverständnisse. Die Frage nach dem entschwundenen und nicht wiedergekehrten Filmvorführer verstand Anna als Frage: Können wir unser Leben nach diesem etwas lang geratenen Entreacte (wie es früher in französischen Filmen hieß, um eine Pause anzukündigen) nicht einfach gemeinsam fortsetzen, als wäre der Filmvorführer nur eben schnell einmal Pipi machen oder ein Bier holen gewesen? Sie mißtraute also seiner Aussage bezüglich seiner Heilung vom Wahn der besitzergreifenden Liebe ganz und gar. Andererseits ließ sie der Gedanke, er könne wieder Besitz von ihr ergreifen, wohlig erschaudern. So erfüllten sie, das Chiffon- Tuch wie ein Hoffnungsbanner schwenkend, zugleich Furcht und Glückseligkeit. Andreas dachte aber durchaus nicht an einen Neubeginn mit allen Konsequenzen. Er wollte keineswegs, den älteren Freund kopierend, eine erlittene Niederlage in einen späten Sieg wenden, er wollte wirklich nur erfahren, wie es für ihn zu dieser Niederlage gekommen war, wann und warum ihn das Kriegsglück im Kampf um Annas Liebe verlassen hatte, ob er damals überhaupt einen Gegner hatte, und ob dieser wirklich unbezwingbar für ihn war. Oftmals ist die Niederlage selbst gar nicht so schwer zu ertragen, was viel stärker zu quälen vermag, ist die Frage nach dem ungeklärten Warum und Wodurch. Es war ja nicht so, als ob diese Niederlage ihn in die Abstinenz des gedemütigten Erfolglosen getrieben hätte. Sein gramvoll hängender Schlappschwanz war sehr schnell wieder aufgerichtet worden von der einen und anderen Isis, die mit ihren Wohltaten dafür sorgte, daß sein Glied wieder so heil und gesund war, daß es in sie fahren konnte. Nein, Andreas bedurfte keiner Anna mehr, und er bedurfte ihr auch jetzt, nach zwanzig Jahren, nicht. Wenn denn sein zweiter Brief an Anna Zweideutigkeiten enthalten haben sollte, die Anna einerseits euphorisierten, andererseits ängstigten, dann resultierten diese aus einer gewissen Ungeschicklichkeit: Wie soll ich reagieren auf einen solchen Begriff wie "einen Sprachbogen schlagen"? Eigentlich hätte er diese kryptische Phrase einfach ignorieren sollen. Aber dann hatte ihn dieser Bogen doch so in Spannung versetzt, daß ihm so etwas wie "zu neuen Ufern" durch den Kopf schwirrte, und schon hatte er sich in eine Metaphorik verirrt, in eine Bildhaftigkeit, die seinem nüchtern betrachteten Innenleben so nicht entsprach. So kam es zur Irreführung Annas, die das Bild für das getreue Abbild der Realität, der wirklichen Hoffnungen und Wünsche Andreas' nahm. Dabei war es Andreas nur auf diesen letzten Satz angekommen: "Warum ist der Filmvorführer damals nicht zurückgekehrt?" Mehr als eine Antwort auf diese Frage verlangte und erwartete er nicht. Der Sprachbogen und das Balancieren auf dieser Brücke waren für ihn, hätte man ihn ganz direkt darauf angesprochen, lediglich das Aufnehmen einer Formel, mit der sich der begonnene Dialog fortführen ließ. In der Geschäftsrhetorik, die er ja lehrte, hieß dies: Den Gesprächspartner dort abholen, wo er steht, und Anna stand nun einmal bei diesem "gemeinsam einen Sprachbogen schlagen". Zwei Wochen waren mittlerweile vergangen, daß Andreas Anna geschrieben hatte, und sie hatte ihm noch immer nicht geantwortet. War seine bittende Frage doch zu zudringlich gewesen? Würde ihn Anna ignorieren wie einen Bettler, der seine Hand so fordernd ausgestreckt hat, daß es zu einer Berührung gekommen war, die den Angebettelten angewidert zurückzucken läßt? Hatte seine Frage Anna peinlich berührt? Unterstellte sie ihm unlautere Absichten? Mußte er ein schlechtes Gewissen haben? Diese Fragen quälten Andreas schließlich so stark, daß er seinem unbeantworteten Brief einen weiteren folgen ließ:

Liebe Anna,

ich werde kein Störenfried sein, versprochen! Schon gar kein Störenfried, der mit einer unangemessenen Sprache den Bogen überspannte. Weiß ich doch, daß jetzt ein Ton zwischen uns angemessen ist, der frei ist von mitschwingenden Ober- und Untertönen, die die Brücke, die zwischen uns neu zu bauen ist, so in Schwingungen versetzen könnten, daß vor ihrer Vollendung schon der Einsturz drohte. Sorge Dich also nicht. Wenn du meine Frage nach dem verschwundenen Filmvorführer nicht beantworten möchtest, so betrachte sie als nicht gestellt. Erzähle mir einfach etwas von Dir! Oder ist selbst meine Neubegierde schon eine unziemliche Begierde? Andreas

Das mit der Neubegierde (eine Wortschöpfung, die Andreas, wie der Leser wohl weiß, bei jenem Schriftsteller abgekupfert hatte, der die Ironie so liebte, den ironischen Unterton, den Andreas sich trotz gegenteiliger Beteuerungen nicht verkneifen konnte, um so eine Mogelpackung scherzhafter Distanz zu basteln) war natürlich eine absolute Fehlleistung, sprachlich zwar altmeisterlich, psychologisch aber eine stümperhafte Konstruktion, die die Statik des zu schlagenden Sprachbogens bedenklich belasten mußte, zumal Andreas dem Druck seines Problembewußtseins nicht standhielt und es geradezu zwanghaft kenntlich machte, indem er die Neubegierde direkt mit der Begierde, die er auch noch als unziemlich bezeichnete, in Beziehung brachte. Natürlich war er begierig, jede Einzelheit zu erfahren, aus denen sich ein Leben zusammensetzt, jede Kleinigkeit, deren Kenntnis es erst ermöglicht, sich ein Bild zu machen von dem Menschen, in dem sich über zwanzig Jahre jede Zelle wer weiß wie oft erneuert hatte, den also wieder zu berühren so viel bedeutete, wie ihn erstmals zu berühren, dessen Stimmbänder zwar kaum merklich erschlafft waren, aber immerhin doch so viel, daß der Klang nicht mehr der gleiche sein würde, den er noch im Ohr hatte, ja, würde er diese Stimme wieder hören, so würden der erinnerte und der neue Klang eine kaum zu bestimmende Dissonanz ergeben, so daß er zumindest für die Dauer eines kürzesten Notenwerts eine gewisse Unstimmigkeit hören würde, von der er nicht wüßte, ob dies von ihrer beider Stimmung herrühre, die verständlicherweise durch die hochgeschraubten Erwartungen ungewöhnlich hoch läge, oder von dem erwähnten natürlichen Prozeß, dessen Wirkung er erstmals als den neuen Klang ihrer Stimme wahrnähme. Und so würde es ja mit allem sein, denn zwanzig Jahre verändern alles, und dieses "Du hast dich aber kaum verändert" ist doch Beleidigung und zugleich Selbstbeschwichtigung. Andreas' Neubegierde war zunächst die eines Entdeckungsreisenden, der im Begriff ist, eine terra incognita zu erkunden. Er machte sich keine Illusionen, alles was er von diesem Stückchen Erde namens Anna wußte, glich veralteten, ungültigen Landkarten, längst überholten Daten zur Geschichte und Entwicklung. Alles Vorwissen war also besser zu vergessen, weil es mit Sicherheit nur in die Irre führen würde, niemals aber zu jenem Eiland, von dem er durch die Flut der Ereignisse von zwanzig Jahren getrennt war, die zudem diesem Eiland auf- und umwühlend eine völlig neue Kontur und im Inneren ein völlig neues Lebensgefühl gegeben hatten. Wenn Andreas also neubegierig war, dann deshalb, weil er keine Lust hatte, ein Steuermann zu sein, der irgendwann merkt, daß er sich nur um sich selbst und zugleich im Kreis gedreht, bestenfalls sogar das Eiland umkreist hat, ohne jedoch einen brauchbaren Landeplatz gefunden zu haben. Der Neubegierde zugrunde liegt ja immer auch zugleich die zunächst vielleicht sogar durchaus unbewußte oder doch sich selbst und jedenfalls noch den Betroffenen verheimlichte Begierde nach Land- und Besitznahme. Andreas wäre töricht gewesen, wenn er diese heimliche Begierde, wäre sie ihm selbst bewußt gewesen, Anna sofort mitgeteilt hätte. Aber wir nehmen an, daß er wirklich nur die neue Topographie dieses Eilands erkunden, ja, im medizinischen Sinn von Topographie, eine Vorstellung gewinnen wollte, wie es um die Körpergegenden Annas bestellt war, wie er sie sich also vorzustellen habe, und wir nehmen an, daß er natürlich auch all das zu erkunden trachtete, was dieses Eiland umgab, umspülte und formte, daß er dabei aber nicht danach gierte, letztlich wieder in der schönsten Bucht dieses Eilands zu ankern. Nichts also von Begehren oder gar Begierde. Wie aber sollte dies Anna wissen? Sie hielt sich natürlich nur an den Schlußsatz von Andreas Brief, der sie zu schließen zwang, daß der erste Satz seines Briefes, versehen mit umgekehrten Vorzeichen, nicht Prämisse, sondern Conclusio war: Mein Gott, er wird uns allen ein Störenfried sein! Sie senkte das Chiffon-Tuch (es war, als würde sie die Fahne vom Mast nehmen), dieses Banner, das für sie zum munter geschwenkten Ersatzzeichen geworden war für die Briefe, die ihr so unerwartet zugeflattert waren, Ersatzzeichen für eine heimlich gewonnene und dem Pfarrhausgebieter verheimlichte Freiheit. Nein, diese Freiheit, die sie sich nehmen müßte, um frei zu sein für Andreas' Begehren, diese Freiheit würde sie sich dann doch nicht nehmen. Also schwieg sie erst einmal weitere drei Wochen. Sie brauchte diese Zeit allein schon deshalb, weil auch sie sich vorzustellen versuchte, wer Andreas heute war, wie er wohl aussehen mochte, was aus ihm geworden war. Hatte er sich damals scheiden lassen, war er eine neue Beziehung eingegangen? - Sei nicht kindisch, Anna! Natürlich hatte er nach mir Freundinnen! Ich selbst habe es ihm damals doch so gewünscht. Und natürlich war eine die richtige für ihn. Besser als ich. Aber was kümmert mich das? Ich bin doch nicht eifersüchtig. Wenn er den Kontakt zu mir sucht, dann bin ich ihm immer noch nicht gleichgültig, nicht einmal nach zwanzig Jahren. Also habe ich keinerlei Grund eifersüchtig zu sein. Ich eifersüchtig? Eifersüchtig müßte doch diese Frau sein, mit der er heute zusammen lebt. Weiß sie von mir? Was weiß sie von mir? Hat er ihr etwas gesagt? In was für eine Situation bringt er mich! Meine Heimlichkeiten vor dem eigenen Mann und seine Offenbarungen gegenüber einer Frau, die ich nicht kenne! Ich will das nicht. Aber vielleicht hat er gar nicht mit ihr darüber gesprochen, nicht von unserer vergangenen Liebe, ach, Andreas, davon, wie du mich die Liebe gelehrt hast: Defloration unter den Blütengirlanden in den Chorfenstern der Kirche meines Vaters. Und wie verwirrt du warst über das viele Blut! Ja, du Dummer, es war das Blut das meine Defloration begossen hat, die Blüte unserer körperlichen Liebe. Ich habe dir das nie verraten, weil ich Angst hatte, du könntest das ius primae noctis, das du tatsächlich genossen hast, zu einem Recht ausdehnen, das mir jede andere Verbindung verbieten würde. Ach, unsere große Liebe! Hast du sie gegenüber dieser Frau klein gemacht, um ganz groß bei ihr herauszukommen? Hast du unsere Liebe stillschweigend oder gar lauthals verraten, wie ich sie verraten habe, weil nur so das Alte zu verderben ist, um Platz zu schaffen für das Neue? Mein Gott, Anna, was bist du durcheinander! Ich werde seine Briefe auf unseren Opfertisch legen und meine Freundinnen bitten, für mich zu beten, daß ich vergesse, diese Briefe je in Händen gehalten zu haben! Seine Hände - die waren das beste an ihm, schlanke Künstlerhände, ganz sicher unverändert. Und sein Körper? Ob er immer noch so schlank ist oder doch ein bißchen zugenommen hat? Das ist lächerlich, was interessiert mich das! Hör auf, mich mit diesem Blick anzuschauen! Ich schaue einfach weg, ich sehe deine Augen schon längst nicht mehr wirklich, sie sind nur eben einmal aufgetaucht und schon wieder zurück getaucht ins Verschwommene. Nichts, das uns einmal betroffen hat, ist mehr real. Nicht einmal im Traum tauchst du wirklich für mich auf, die Bilder von dir sind untergegangen, und selbst mein Unterbewußtsein vermag sie nicht mehr empor zu spülen. Jetzt rede ich schon mit ihm, dem Störenfried! So war Anna wieder an den Anfang dieses Briefes zurückgekehrt. Und auf diesen Anfang heftete sie ganz fest ihren Blick, dem sie nicht mehr erlaubte, Zeile für Zeile nach unten zu wandern, hinunter zur Begierde.

5. Kapitel

Nein, nein, hier tat Abkühlung Not! Selbstbesinnung und Selbstdisziplin! Andreas' letzte Botschaft war Anna zu heikel Wie ließe sich da diplomatisch antworten? Dieser fatalen unziemlichen Begierde konnte man doch nicht so einfach stattgeben! Es war, als habe Andreas sich allzu stürmisch über ein Gitter geschwungen, ihr Haus bereits in Beschlag genommen und erwarte jetzt auch noch, daß sie den Freibrief dazu ausstelle: Steig ein, fahr los, wir nehmen uns die Freiheit, uns endlich, endlich wiederzusehen! Und dann werde ich dir alles erzählen, daß ich dich nie wirklich vergessen habe, daß ich mich immer wieder nach dir gesehnt habe, daß ich nie aufgehört habe, an dieses Wiederbegegnen zu glauben. Anna war von sich selbst gerührt, und ihre Rührung verrührte sie mit der Rührung, die die Fernsehnation kollektiv befiel als der deutsche Außenminister im Garten jenes Prager Palais, den sie mit Andreas vor mehr als zwanzig Jahren durchstreift hatte und der jetzt belagertes Botschaftsgelände war, den dreitausend Brüdern und Schwestern, die sich über das Parkgitter geschwungen hatten, um dort auszuharren, bis ihre Freiheit verbrieft wäre, ihre neu und endgültig gewonnene Freiheit verkündete. Eine wunderbar theatralische Szene. Letzter Akt, Spätsommer, Nacht. Der Schimmer der schneeweißen Steilwandzelte, ein streng geordnetes Environment, auf das von dem Balkon, den ein Bogen und vier Säulen tragen, die Reflexe eines Scheinwerfers fallen, der die Balkonszene beleuchtet. Über die barocke Balustrade ragen dicht gedrängt die leuchtenden Köpfe des Hauptdarstellers und seiner Statisten, des Außenministers und seiner Entourage. Unten, im Halbdunkel zwischen den Zelten drängt sich das Volk. Man glaubt vom Balkon den Bariton zu hören: "... führt mich zu euch, ihr Armen, her,/ Daß ich der Frevel Nacht enthülle,/ Die all' umfangen schwarz und schwer./ Nicht länger knieet sklavisch nieder,/Tyrannenstrenge sei mir fern./ Es sucht der Bruder seine Brüder." Und der Chor jauchzt: "Heil sei dem Tag, Heil sei der Stunde!" Andreas spürt die alte Lust, eine Oper aktuell zu inszenieren, "Fidelio", das ewig gültige deutsche Hohelied von Freiheit und Gerechtigkeit! Nun kullern ihm doch tatsächlich die Tränen dick und schwer die Wangen herunter. So sehr er auch das Zwerchfell pressen mag, um einen Damm aufzurichten gegen die aufsteigenden Gefühlswogen, es hilft nichts, der Damm bricht, der selige Gefühlsstrom reißt alle Rationalität mit sich fort. Oh diese verdammten Massenszenen, diese verführerischen Freilichtinszenierungen mit ihrem Überrumpelungseffekt, den man nicht zu begreifen vermag, der später - in Wochenschauen oder Fernsehdokumentationen betrachtet - nur noch Kopfschütteln und tiefste Verständnislosigkeit hervorrufen würde: Wie konnte man nur auf so etwas hereingefallen sein? Andreas war fassungslos über dieses Hereinfallen, das der Kopf ganz bewußt reflektierte, und diese gleichzeitig wollüstigen Kontraktionen im Unterleib. Noch nie hatte er das Duell zwischen Verstand und Gefühl so körperlich erlebt, dieses Duell zwischen Erleben und Betrachten, des Mittendrin und gleichzeitigen Danebenstehens. Und erschreckend war, daß das Mittendrin den Sieg davon trug. Es war eine Lehrstunde für die arrogant besserwisserischen Nachgeborenen, und es sollten in den nächsten Wochen und Monaten noch etliche solcher Lehrstunden folgen. "Der Weg ist frei!" war die ministerielle Verkündigung. Der massenhafte Freudentaumel hatte diesmal einen wahrhaft guten Grund. Es war ungerecht, Vergleiche anzustellen, die Zweifel weckten und eine grundsätzliche Fragwürdigkeit aufkeimen ließen. Aber Andreas wurde die Zweifel nicht los. Er sah in diesem beleuchteten Balkon den Balkon eines Festspielhauses, und er hörte von dort oben urdeutsche Signale, fragwürdige Motive, Motive von höchstem ästhetischen Raffinement, die einen Sog entwickeln, der süchtig macht. Wo wird das alles noch hinführen? Freiheit, schöner Götterfunke! Seid umschlungen, Millionen! Brüder, überm Sternenzelt...Anna jauchzte innerlich und nahm in ihrem Innern schon allen Jubel vorweg, der in mediengerechten Inszenierungen über alle Brüder und Schwestern der gesamten Nation hereinbrechen würde. Gleich nach der Sondersendung eilte sie überwältigt (und das heißt aus ihrer Ordnung gebracht und somit von allen Zweifeln befreit) auf ihr Zimmer, nahm ein Blatt blütenumranktes Briefpapier und stellte für sich und Andreas den Passierschein aus:

Lieber Freund!   30.9.89
Du hast natürlich auch im Fernsehen das Prager Schauspiel verfolgt. Weißt Du noch, wie wir im Deutschen Theater Mozarts "Don Giovanni" gesehen haben? Wie hast Du Dich über des Verführers kasperlhafte Höllenfahrt mokiert! Und immer hast Du gefrotzelt, Du würdest den Commendatore mit meinem Vater besetzen. Jetzt ist dort der Anfang getan, daß andere Bösewichte zur Hölle fahren, davon bin ich überzeugt. Ein ganzes System wird zur Hölle fahren! Aus solchem Anfang wird nicht gleich das Paradies erwachsen, aber es wird zusammenwachsen, was zusammengehört. Zwanzig Tage ist es jetzt her, daß unsere Landsleute aus Ungarn ausreisen durften, und Du schriebst sofort: Was jetzt womöglich einem ganzen Volk widerfährt, sollte uns doch nicht verwehrt sein - uns wiederzusehen! Die Ereignisse überstürzen sich, die Geschichte entwickelt ganz offensichtlich eine Dynamik, die keiner vorhersehen konnte. Es scheint Gesetzmäßigkeiten zu geben, die nicht erlauben, maßvoll gesetzte Schritte zu tun, nein,

die stattdessen trotz aller Risiken uns bestimmen, in unserem Wünschen und Wollen unmäßig zu sein und uns den Risiken voll auszusetzen. Was haben jene riskiert, die wir jetzt so bewundern! Und da sollten wir kleinmütig sein, obwohl uns kein Stacheldraht trennt und keine Staatssicherheit bewacht! Auch wir können Grenzen überschreiten. Ja, laß uns Grenzen überschreiten! Wir müssen uns sehen!

Anna

"Oh namen-, namenlose Freude!" Andreas ließ Beethoven jubilieren. Von wegen sprunghafte Affektdramaturgie, von wegen fragmentarischer Charakter, von wegen Dissoziation und Ende des élan vital! Diese Geschichte würde gradlinig ins lieto fine münden, und das strahlende C-dur wäre völlig stimmig und müßte nicht durch irgendwe1che mutwilligen, dekonstruktivistischen Brüche ad absurdum geführt werden, weil die Wirklichkeit doch so schön nicht sein könne, nein, alles würde stimmen und zueinander passen, per aspera ad astra, die Verheißung würde in Erfüllung gehen! Man muß sich ihr nur hingeben. "Oh namen-, namenlose Freude! - Nach unnennbaren Leiden so übergroße Lust! - Du wieder nun in meinen Armen!" Die Boxen dröhnten. Andreas sang sich in Ekstase und hörte den Sopran als die Stimme Annas. Der hymnische Jubel drang hinaus in die Gärten der Nachbarn als utopische Verheißung, die bald, ganz bald schon sich erfüllen sollte. Sibylle schrie von oben durchs Haus: "Bist du verrückt? Das hält ja kein Mensch aus! Willst du, daß die Nachbarn die Polizei alarmieren?" Sibylle war nicht alarmiert, sie ahnte nichts. Die Fernsehbilder waren ihr schlicht peinlich. Sentimentalität der Massen. Von Andreas' Gefühlen wußte sie nichts. Und diese Bilder waren nur zu ertragen, wenn eigener Überschwang sich mit dem Überschwänglichen traf und mischte. Nein, Sibylle konnte von der egozentrischen

Übertragung nichts wissen, die Andreas in eine merkwürdige Komplizenschaft mit den Massen manövrierte. Diese Fernsehbilder gehörten nur ihm und Anna, nur sie beide wußten, was sie wirklich bedeuteten: Die der ganzen Nation präsentierte Massenszene war die öffentliche Darstellung seiner und Annas ganz intimer, verborgener Geschichte. Ach, wenn ihr wüßtet...Heimkehr. Heim ins Vertraute. Andreas hatte erlebt, wie seine Landsleute abermals "heim ins Reich" strebten. Vielleicht sind private Sehnsüchte, die alle empfinden, der Grund für kollektive politische Gefolgschaft. Der Trennungsschmerz und die Aussicht, endlich nicht mehr getrennt zu sein - was tut man da nicht alles! Heimkehr der verlorenen Kinder. Und da breiten ja nicht nur Väter die Arme aus! Zeit und Ewigkeit überschneiden sich, das Menschliche und das Göttliche werden eins - Heimkehr! Mochte er auch nie zu Vater und Mutter gelangen, deren Fleisch er war, mochte ihm, dem Waisenknaben, diese Heimkehr, der Gang zu Vater und Mutter, auf ewig verwehrt sein, eine Heimkehr war ihm jetzt verheißen, die Heimkehr zu Anna. Sie würde dasitzen wie die berühmte Harrende hoch im Norden, und er würde ihren Schoß erklettern, um dort selig zu sterben. Ein wunderschönes, der Pieta nachempfundenes Schlußbild. Erlösung: Das Kreuz der Ziellosigkeit, an das er so lange festgenagelt war, war von ihm genommen. Andreas schwelgte in seinem Devotionalienkitsch, in dem er zum Schmerzensmann und Anna zur Heiligen aufgestiegen waren. Der Abstieg ins bodenlos Trostlose folgte schon einen Tag später:

Lieber! Ich bin hier festgenagelt. Sei nicht allzu traurig! Es wird mir schon noch gelingen, mich wenigstens für einen Tag vom Kreuz der Familienpflichten zu erlösen.

Anna

6. Kapitel

Andreas tappte ziemlich im Dunkeln. Keine die Situation erhellende Erklärung. Seine bettelnden Briefe blieben unbeantwortet. Selbst sein Brief vom 9. November, der beziehungsreich an das Tagesgeschehen anknüpfte, blieb absolut unwirksam. An jenem 9. November waren die ersten Grenzübergänge geöffnet worden, und die halbbefreite Hälfte des
Volks war mehr und mehr bereit, aufs Ganze zu gehen. Wir
sind ein Volk! Jetzt strömte zunächst ein unaufhaltsamer
Menschenstrom in den Westteil Berlins, wo er mit offenen Armen und strahlenden Gesichtern empfangen wurde, und bei
allen, hüben und drüben, mündete der Strom der Gefühle in
die Tränenkanäle, so daß die Augen überquollen und sich allenthalben Tränenströme ergossen. Jener griechische Philosoph, der auch der "Weinende" genannt wird, und nach dessen Theorie alles Leben ständig im Fluß ist, wäre aus seinem
tragischen Dunkel ins hemmungslos Überbordende und Ausufernde herausgetreten, um sich in dieser schönen Bestätigung seiner Erkenntnis zu baden. Der Spätherbst, in dem ein
Volk also die Früchte einer unverhofften Entwicklung zu
ernten begann, einer noch kaum erklärlichen politischen Saat
(wobei zudem undeutlich blieb, wer da alles Sämann war,
und wieso der Boden plötzlich fruchtbar war für eine solche
Saat) verging, und Andreas ging leer aus. Es kamen die Adventssonntage, aber es kam kein Brief, die frohe Botschaft für
Andreas zu verkünden. Nun gut, wenn der Berg nicht zum
Propheten kommt, dann...Vor dem vierten Advent verkündete Andreas Sibylle, er habe am Freitag noch auswärts einen
Termin, was ihm erlaube, dort am Samstag die von den
Feuilletons gerühmte "Fidelio"-Inszenierung eines Berserkers
anzuschauen, der in der Provinz mit dem Regiezepter in der

Faust Amok gelaufen war, und natürlich würde er am Sonntag, dem 4. Advent, der zugleich Heilig Abend war, zurück sein. Eine etwas ungewöhnliche Terminierung also, die Sibylle kommentarlos zur Kenntnis nahm und nicht weiter mißtrauisch hinterfragte. - Auf denn in Annas Heimat! Als wäre sie dort jemals wirklich zuhause gewesen! Dieses Kaff und seine Kaffer, die ja alle verkaffert sein müssen, möchte ich mir doch einmal ansehen! Wie könnte man nur so blöd sein, dort zu versauern und die Chance der Erlösung zu verpassen! Natürlich fährt Andreas direkt in jenes Kaff. Er parkt den Wagen vor der Fußgängerzone und betritt über die Absperrketten steigend Annas Terrain. Das also ist der Boden, den ihre Füße täglich berühren, heiliger Boden, den ihre Füße nicht entweihen, sondern der erst durch diese Berührung täglich neu sakriert wird. Andreas setzt andächtig seine Schritte, immerzu in die imaginären Fußstapfen seiner Angebeteten tretend. Die enge Straße mit ihren Fachwerkhäusern wird zum offenen Kirchenschiff, die Menschen zur Gemeinde. - Ich bin kein Fremder, ich bin einer von euch! - Aber die Gemeinde nimmt keine Notiz von ihm, sie ist zu sehr beschäftigt, die Angebote der Händler in diesem Tempel zu begaffen, zu prüfen, zu erwerben. Wie kann das Leben an diesem Ort nur so profan sein, wo er doch dieses Allerheiligste birgt, zu dem Andreas pilgert! Das putzige Fachwerk - Annas Blicke gleiten doch täglich darüber! - wird zum erhabenen Maßwerk. - Anna! Der vierte Advent, unser vierter Advent! Natürlich erwartest du mich, natürlich ahnst du, daß ich dir schon ganz nah bin, erwartest mich am Ende dieses Wegs, dort, wo er in den Chor mündet, wo wir diesmal unsere Einübungen in ein neues Leben aufführen werden! -

Anna pfuscht ziemlich lieblos ein Abendessen zusammen, für das Gabriel nachher vergeblich den Segen Gottes erbitten wird. Tatsächlich denkt sie an Andreas. Wie viele Briefe an Andreas hat sie begonnen und wieder verworfen! - Mein lieber Andreas! Nein, das Possessivpronomen in Verbindung mit einem Namen ist immer anmaßend. Ich besitze dich ja nicht, werde dich nie besitzen können.- Ich liebe dich, nein, besser: Ich habe dich lieb. Das wird ihn davon abhalten, wieder Besitz von mir ergreifen zu wollen. - Du wünschst, daß ich ausführlich schreibe, aber das heißt, zwanzig Lebensjahre, abwägen, verdichten, festschreiben. Wie soll ich jetzt etwas festschreiben, da doch alles durch deinen Wiedereintritt in mein Leben in Unordnung geraten ist? Gerade auch meine Vergangenheit, die mir gar nicht mehr als ein ruhiger Strom in einem kanalisierten Bett daherkommt, sondern als ein Wildbach, der einen ungestümen Verlauf hätte nehmen können, wer weiß wohin - nein, du mußt nicht alle meine Sehnsüchte kennen. - Wie viel du von mir weißt, wie gut du mich kennst und erinnerst! - Jetzt möchte ich alles, was sich über mir zusammenbraut, am liebsten verschlafen. - Hör zu, es geht nicht, daß du von meinem Verhalten dir gegenüber dein Glück oder Unglück abhängig machst! Sei mir Freund, den ich nicht verstecken muß! - Wie einen Brief beginnen, wie dich anreden? Lieber Andreas, mein..., aber was? Und wie soll ich abschließen und dich grüßen? Cordialement? Je t'embrasse? Du siehst, ich verstecke meine Gefühle hinter einer Verfremdung.- Warum ich mich verstecke? Da ist mein feiges Bedürfnis nach Sicherheit. Kein Risiko eingehen wollen und zugleich der Wunsch, nach Freiheit und Experiment. Ach, vielleicht ist alles viel einfacher. Ich bin froh, daß es dich gibt.- Vielleicht bin ich einfach nur neidisch, neidisch darauf, was du so alles erlebst.- Sei gewiß, daß ich Gefühle für dich hege, die ich nicht einfach zu bezeichnen weiß und auch nicht will, die alt und immer neu sind und in den zwanzig Jahren nie in mir erloschen sind. Ich umdenke dich, habe dich immer umdacht und möchte dich nicht noch einmal verlieren. - Ach, die Zeit! Die Zeit ist wie ein Gummiband, die Tage und Stunden dehnen sich mir, und dann schnurren sie wieder zusammen, und ich fühle mich gehetzt. Ich bin eine Pfarrersfrau und Mutter, die Freiheit und Freizeit nur als Traum und Hoffnung kennt. Ich bin eine Gefangene, eingesponnen in ein soziales Kontrollnetz. - Ich lese deine Stimme und höre doch nicht, was nicht stimmt. Natürlich, mein Schweigen... - Jetzt kommt das Weibliche: Deine Briefe sind so klagend, so traurig, daß ich dich tröstend umarmen möchte. Aber es gibt kein Entkommen für mich, ohne Rechenschaft ablegen zu müssen. - Nein, nein, ich will dich nicht in den Strudel hineinziehen, der mich erfaßt hat, aber vielleicht geht es schon gar nicht mehr anders... - Nein, ich sehe der ausgegrabenen Lothringischen Madonna, mit der du mich einmal allzu emphatisch verglichen hast, kein bißchen mehr ähnlich, dazu sind meine Gesichtszüge wohl allzu müde "abgesackt".- Du mokierst Dich über den Namen unseres Städtchens, der so klangleer sei, daß es selbst für Zweitligisten diskriminierend sei, in einem Atemzug mit ihm genannt zu werden. Das ist höchst ungerecht. Aber ich gebe zu, ein wenig "verbauert" komme ich mir selbst schon vor. Ja, ich denke, daß ich gewaltige Kompromisse fürs Überleben eingegangen bin.- Warum habe ich dich damals verlassen? Die abrupte Trennung sollte deinen Schmerz und deine Trauer in Wut und Haß auf mich verwandeln. Nein, mein emotionales Grundvertrauen in dich war zerstört, da du dich mit deinem Fortgehen gegen mich entschieden hattest. Bevor ich dich verließ, hattest du mich schon verlassen. Aber ich gestehe, mit deinem Weggang konnte ich zurückkehren in meine heile Welt.- Noch ein Geständnis: Ich war mit meinem Mann am 1. Advent nach langer Zeit wieder einmal in der alten Heimat, also ganz in deiner Nähe. Diesmal fand ich alles unverändert, nein, alles hatte wieder das Gesicht von vor zwanzig Jahren! Mir schien alle Zeit aufgehoben, damals und heute rundeten sich zu einer Zeitkugel, in der ich schwebte und selig taumelte. Bist du jetzt traurig? Aber wie hätte ich dich treffen können? - Auch in der alten Heimat hinderte ein soziales Netz, dessen enge Maschen Geschwister und Tanten, Neffen und Nichten und eine mittlerweile uralte Großmutter bildeten, Anna daran, wenigstens einmal zu dem Fluß zu entwischen, an dessen Ufer sie sich so munter wie die Fische im Wasser fühlte, und wo sie in dem Netz, mit dem sie sich selbst und Andreas phantasievoll und einfühlsam umspann, höchst lustvoll zappelte. Immerhin gelang es ihr, Gabriel zu einem gemeinsamen Spaziergang zu animieren, der auch über jene Brücke führte, auf dessen Geländer sie immer dann einen übermütigen Balanceakt vollführte, wenn sie auf der von Sträuchern umstellten Bank am Ufer gerade das schwindelerregende Gefühl des Liebesakts genossen hatte. Auch ohne diesen Auftakt hält sie sich jetzt an einem der Laternenmasten, die zugleich Haltepfähle für das Geländer sind, fest und steigt auf das etwa fußbreite Band, auf dem sich Rostpusteln gebildet haben, in deren winzigen Kratern das Regenwasser steht. Gabriel ist so perplex, daß er weder zu einem verbalen, geschweige denn handfesten Eingreifen fähig ist. Da hat Anna den Pfahl auch schon losgelassen, die Arme waagerecht ausgestreckt, so daß ihre Handtasche, deren Riemen sie fest um den linken Unterarm geschlungen hat, über dem träge fließenden Wasser baumelt. Einige Passanten gehen belustigt vorüber, andere bleiben neugierig stehen oder geben ärgerliche Kommentare ab. Gabriel bleibt ratlos, und er errät auch nicht, was Anna zu dieser spontanen kindischen Aktion getrieben hat. Er weiß nicht, daß dieses Schauspiel für Anna nur zwei Zuschauer hat, einen anwesenden und vor allem einen abwesenden. Er ahnt nicht, was für ein Balanceakt dieses provozierende Schritt vor Schritt auf dem schmalen Geländer für Anna ist. Es ist nicht einfach, das Gleichgewicht zu halten, wenn der eigene Mann nebenher läuft, und wenn vom Geländer aus flußaufwärts ein Haus zu sehen ist, in dem Andreas womöglich immer noch lebt. Anna versucht ein Winken und gerät fast außer sicherem Tritt. Gabriel versucht, das ihm peinliche Treiben gegen die Passanten abzuschirmen und Anna mit guten Worten vom Geländer herunter zu locken. Aber Anna genießt diesen doppelsinnigen Höhepunkt, der sie über Gabriel erhebt. Es ist ihr Gedächtnislauf für Andreas, den sie auf diesem Geländer, hoch über dem Wasser, zelebriert, eine Art Schaulaufen, das aber nur richtig werten könnte, wer in diesem Augenblick in Anna hineinzuschauen vermöchte. Indem sie sich neben Gabriel auf diesem erhöhten Laufsteg zur Schau stellt, ganz erfüllt von den Erinnerungen an bestimmte Höhepunkte, erniedrigt sie ihren Mann. Am nächsten Pfahl steigt sie herab vom Geländer, steigt herab in die Gegenwart, steigt herab ins soziale Netz, das sie festhält, aber den Strom der Erinnerungen vermögen die Maschen dieses Netzes nicht aufzuhalten.

Annas Schreibansätze waren Splitter, Fetzen, die sich zu keinem Ganzen fügen ließen. Sie erprobte alle möglichen Formulierungen, zerriß immer wieder die begonnenen Seiten, da das Geschriebene ihr zu wenig stilisiert erschien, zu sehr als die prosaische Wiedergabe doch fast poetischer Empfindungen, und legte schließlich ambitionierte Absicht, Papier und Stift in die Schublade, nicht ahnend, wie sehr sich Andreas auch an einem Torso erfreut hätte, den er lustvoll mit seinen Phantasien zu einem plastischen Traumbild ergänzt hätte. wahren Empfindungen entsprachen. Es ging Anna wirklich schlecht. Die Freundinnen, die mit ihr telefonierten, fragten besorgt: "Was ist los mit dir, du klingst so komisch? Deine

Stimme klingt so fremd, ist was? Stimmt etwas nicht? Du bist wohl nicht in guter Stimmung?" Sie hatte, bevor sie den Telefonhörer abhob, an Andreas und seine Briefe gedacht, sie hatte Andreas' Stimme gelesen, und seine klagende Stimme bewirkte die verräterische Konsonanz, die ihre Stimme so dissonant klingen ließ. Wenn nur Gabriel und ihr alter Vater nichts merkten! Nein, ich werde meine Pflicht tun, ich werde mich nicht pflichtvergessen in ein Abenteuer flüchten! Gott schütze mich mit diesem Cordon sanitaire, den er mit hunderten von Kilometern zwischen mich und Andreas gelegt hat!

Der liebe Gott aber hatte wieder einmal schlecht zugehört. Andreas hatte den Cordon sanitair mißachtet wie jene Brüder und Schwestern, die keinen Todesstreifen mehr fürchteten, und stand jetzt gewissermaßen schon vor Annas Tür. Wie gut, daß sie davon nichts ahnte, denn sicher hätte sie ihre inneren Fluchtmanöver sonst zu einer wirklichen Flucht gesteigert, die zu allerlei Spekulationen und Erklärungszwängen hätte führen müssen. Stattdessen suchte sie geradezu die Nähe Gabriels, schmiegte sich an ihn, strich ihm unvermittelt über die Wange, faßte im Vorübergehen mit festem Druck seine Hand, und fragte ihn mit einem teilnahmsvollen Lächeln, was ihr Schatz denn heute so alles tun werde. Gabriel war von dieser späten Zuneigung nur peinlich berührt und neigte dazu, sie mit einer hormonellen Veränderung zu erklären, die sich mit dem wiederholten Ausbleiben von Annas Monatsregel in letzter Zeit schon angekündigt hatte. Andreas genoß die Verzögerung, ging also nicht geradewegs auf die Tür zu, aus der das Glück zu ihm heraustreten sollte, sondern bezog erst einmal sein Hotelzimmer. Sein Glück bestand in diesem retardierenden Moment, das sich bis zum nächsten Tag dehnen sollte. Für das Abendessen suchte er sich ein Restaurant aus, das auf die regionale Küche spezialisiert war.

Die Speisen waren zu fett, der Wein zu lieblich. Aber es ging ja nicht um Gaumenfreuden. Dies sollte kein einsam verzehrtes kulinarisches Mahl sein, sondern ein Abendmahl, heilige Kommunion gemeinsam mit Anna. - Wie oft mag sie schon hier gesessen haben? Ach, diese glückliche Bedienung, die ihre Stimme hören durfte! Eine so einfache Frau und solch ein Privileg! Wußte sie überhaupt, welchen außerordentlichen Gast sie bewirten durfte, wenn sie Anna das Essen auf-trug?- Und dieses Essen! Die Früchte aus Annas Land standen jetzt vor ihm auf den Tisch. Er durfte sich einverleiben, was in Annas Welt gediehen war. Ein Stück ihrer Welt würde er in sich tragen, ganz leibhaftig würde er so ein Stück ihrer Welt sein. Er würde dem bekannten Restaurantführer schreiben, dieses Haus verdiene vier rote Kochmützen, da die Speisen zu Herzen gingen und der Seele schmeichelten. Der Traum, den die schwere Kost Andreas vom Magen ins Hirn drückte, hatte ganz und gar nichts sanft zu Herzen gehendes und angenehm Schmeichelhaftes: Andreas sah zwar die Fachwerkhäuser, aber die Straßen waren ihm gänzlich unbekannt. Der Name der Kirche war ihm entfallen, die Hausnummer hatte er vergessen. Wie sollte er Anna finden? Sie wohne nicht mehr hier, sei weggezogen, wer weiß wohin. - Ich kenne diesen Traum, ich habe ihn wieder und wieder geträumt, als Anna spurlos verschwunden war. Das ist zwanzig Jahre her. Ich träume einen vergangenen Traum, ich träume die Erinnerung eines Traums, und wenn ich jetzt aufwache, weiß ich, wohin ich zu gehen habe mit traumwandlerischer Sicherheit! Am nächsten Morgen steigert Andreas seine Spannung, indem er dem Weg zur Klimax keineswegs schnurstracks folgt, sondern als neuerliches retardierendes Moment einen Seitenweg wählt, der ihn zum Nebeneingang, dem Nordportal der Kirche führt, jener Pilgerpforte, durch die einst eine fromme Schar aus der Bedrängnis des diesseitigen Lebens in den

Lebensstrom der übernatürlichen Gnade und des Lebens mit Christus getreten war. Dort empfängt Andreas quasi als Türsteher eine scheußliche Plastik, ein Jüngling mit einem Palmzweig in der herabhängenden linken Hand und dem Modell der Kirche, das er wie ein Kellner dem Gast auf dem rechten Handteller präsentiert. Das verheißt keinen Kunstgenuß. Es ist eine der Kirchen, deren romanische und gotische Anfänge nicht durch die Armut, dem besten Restaurator, bewahrt, sondern aufgrund des Reichtums der Gemeinde in neuerer Zeit reichlich verunstaltet wurden. Andreas schlägt das Deckblatt der Broschüre zurück und entdeckt sofort den Namen des Autors dieses geschichtlichen Überblicks. Natürlich, das war der Andreas bekannte Stil, Süffisanz und kluges Gerede, die Mischung, die Annas Vater so liebte, und er war natürlich der Autor, dessen Namen gebührlich hervorgehoben war, worauf er ganz sicher bestanden hatte. So sehr diese Wichtigtuerei auch in Andreas den alten Groll erregte, so sehr war er zugleich erfüllt von einer Freude, die keine namenlose war, sondern den Namen dessen trug, der letztlich der Vater dieser Freude war. Dieser Name machte diese Broschüre kostbar, mochte ihr Gegenstand noch so medioker sein. Andreas liest die emphatische Beschreibung der Orgel, erfreut sich an den klingenden und auch skurrilen Namen: Bordun und Dulcian, Gernshorn und Schwiegel, Cornett und Nasat. Aber in des alten Pfarrers abschließendes Hohelied auf die Orgel "Gut ist es, unserem Gott zu singen, schön ist es, ihn zu loben", mag er nicht einstimmen. Er wendet den Blick wieder nach vorn, zum Chor hin. "Im Mittelpunkt steht, aus einem weißen, ebenmäßig behauenen Sandsteinblock, der Opfertisch als Symbol unseres Herrn, Jesu Christi."- Im Mittelpunkt, verehrter Kirchenführer, steht etwas ganz anderes - ein Bett, in dem wir ein ganz besonderes, ein durchaus blutiges Liebesmahl gekostet haben, uns gegenseitig opfernd und verzehrend. Aber das können Sie natürlich nicht wissen. Und zu dessen Gedächtnis bin ich hier! - Dieser Gedanke stimuliert Andreas so sehr, daß er den Höhepunkt seiner Exkursion nicht länger mehr mit retardierenden Momenten aufzuhalten vermag. Hinaus! Die Stufen hinauf gestürmt zu Annas Tür! Aber dann entdeckt er in den Fenstern des Pfarrhauses weiße Gardinen mit Spitzensaum, die nur bis zur Mitte der Scheiben hinunter hängen. Darunter, auf einer aufgesprühten Eisblumenimitation, goldene Sterne, die unregelmäßig an den Scheiben kleben! Dahinter immergrüne Topfpflanzen, womöglich Kakteen! Oh Gott, es kam alles an ästhetischer Verirrung zusammen, das geeignet war, Andreas' erotische Verwirrung sogleich zu ordnen in ein ganz kühles Taxieren. Nein, das war nicht Annas Geschmack! Dieser Gabriel (Andreas las seinen Namen in den Ankündigungen zum Adventsgottesdienst), dieser zweifelhafte Held Gottes, mußte über einen zweifelhaften Geschmack verfügen, ein spießiger Visionär mit kleinkarierten Visionen - so und nicht anders war sein Name zu interpretieren! Was hätte er, Andreas, hingegen Anna gelehrt! Wäre er, dessen Symbol das Kreuz mit schräg gestellten Balken Abbreviatur für den Namen Christi ist, nicht dazu berufen gewesen, Anna in die Welt künstlerischer Chiffren einzuführen, wo eine solch scheußliche Abbreviatur wie eine zu kurze Gardine ganz und gar undenkbar ist? Ein schwarzer Briefkasten aus geschmiedetem Blech, darauf ein goldenes Posthorn! Dieses kleinbürgerliche Baumarkt-Produkt also war die desillusionierende Endstation, wo seine Briefe nach ihrer nächtlichen Reise an einem öden Vormittag landeten. Ja, ja, Tristan und Isot und der öde Tag! Über dem Kasten eine schmiedeeiserne Lampe an der rustikal verputzten Hauswand. Auch nicht gerade eine Liebesfackel! Wie mochte der Marke hinter dieser Hauswand kostümiert sein? Sicher trägt er braune Sandalen und eine

Strickjacke mit Rhombenmuster! Andreas sieht Sibylle höhnisch ihre Kitsch-Keule schwingen: Diese Leute sind Spießer, kein Stil, kein Niveau! Aber ihr Innenleben ist natürlich höchst anspruchsvoll! Der Hieb sitzt, nicht einmal ein kleinlautes Aufbegehren, Andreas trollt sich davon, frustriert von Sibylles Punktsieg. Zum Frühgottesdienst am nächsten Tag ist Andreas vorzeitig zur Stelle. Diesmal würde er aber nicht den Seiteneingang benutzen, sondern nach dem Läuten der Glocken die Kirche durch das Hauptportal betreten, um sich sofort hinter dem Rücken der Gemeinde auf einer der Hinterbänke zu verkriechen, wo ihn Annas Vater nicht entdecken könnte, der sicher schon direkt unter der Kanzel Platz genommen hatte, um die Wirkung seines predigenden Schwiegersohnes aus allernächster Nähe begutachten zu können, und natürlich würde er in seinem Hinterbänklerdasein Anna verborgen bleiben, die er nicht als ein Trugbild halluzinieren, sondern wirklich erspähen würde. Sie ist bereits mit Gabriel in der Sakristei und hilft ihm beim Überziehen des Talars, dessen Beffchen Gabriel ebenso verachtet wie sein Schwiegervater. Für ihn ist das Beffchen Rudiment eines Lätzchens, das den Talar vor der feuchten Aussprache sich ereifernder Gottesmänner schützen sollte. Seit aber Gabriel über ein reguliertes Gebiß verfügt, gelingt es ihm, seinen Speichelfluß beim Sprechen so zu regulieren, daß er die Konsonanten zu spukken vermag, ohne dabei Spucke zu versprühen wie jene unappetitlichen Amtsvorgänger. Die Türe der Sakristei wird aus Andreas' Perspektive von einer Säule verdeckt, so bleibt ihm der Auftritt des Pfarrhausherren und seiner ihm unauffällig folgenden und Platz nehmenden Gattin verborgen. Das Orgelvorspiel klingt mit Englisch Horn, Französischer Oboe und Rohrflöte eher multikulturell als teutonisch, was Andreas zumindest akustisch sättigt, wenn er auch weiterhin optisch darben muß, da es ihm einfach nicht gelingt, zumindest eine Vorstellung davon zu gewinnen, welche Region er mit größter Aussicht auf Erfolg systematisch nach Anna absuchen soll. Aufgereihte Kirchenbänke begünstigen nun einmal eine Gleichmacherei, die alle Besucher unscheinbar macht. So konzentriert er sich wohl oder übel auf Gabriel, der mit dem Besteigen der Kanzel alle Blicke auf sich lenkt. Gabriel zählt zu den Männern, deren Gesichtszüge mit zunehmendem Alter gewinnen. Sein matt glänzender Talar ist zweifellos aus einem edlen Stöffchen geschneidert, und der Saum sitzt locker auf den Schuhen, worauf Gabriel besonderen Wert legt, da dies vorteilhaft der optischen Streckung seiner eher kleinen Gestalt dient. Aus einer christlichen Ehe entstammend, war er zum Mann Gottes emporgewachsen. Hoch oben steht er jetzt auf der Kanzel vor den Augen des Hinterbänklers, den der ewige Zweifel seiner unklaren Herkunft plagt. Wenn man nicht weiß, wo man herkommt, wie soll man sich da selbst finden und zurechtfinden? - Ich bin ihm nicht gewachsen, Anna hatte recht damals, sie hat Gabriel gefunden und sich in einem Leben mit ihm zurechtgefunden. Oder doch nur mit ihm abgefunden? Jedenfalls schreibt sie mir nicht mehr. Dort oben steht der Sieger, und ich sitze in der allerletzten Reihe. Ich komme noch lange nicht dran, ich komme niemals an die Reihe. Sie läßt mich sitzen in alle Ewigkeit. - Wie erwartet, spricht Gabriel sehr schön über alle möglichen geöffneten Tore, die Durchlaß und Einlaß gewähren in dieser Zeit und in die Ewigkeit. Andreas erwacht aus seiner Lethargie und ist bereit, den Kampf von unten mit dem da oben aufzunehmen: Okay, du hast Anna für eine begrenzte Zeit gewonnen, mir aber wird sie gehören in alle Ewigkeit! Wenn sie mich erst einmal wiedersehen wird, ist deine Zeit abgelaufen, und dann beginnt eine neue Zeitrechnung, ein Zeitalter, das nie altern wird, in dem zwei Namen zu einem ewig forttönenden "Hosianna" verschlungen werden. Das ist heute meine frohe Botschaft, die dich wenig freuen wird! - Mit einem "Amen" bekräftigt Gabriel ahnungslos die Gedanken Andreas' und steigt von der Kanzel. Gabriels Kanzelmonolog folgt ein szenischer Dialog, der angekündigt ist als "Einübungen ins Zusammenleben", verfaßt von Gabriel und zwei seiner Amtsbrüder aus dem Osten, die ihre Dialogfähigkeit als Moderatoren an einem der "Runden Tische" erprobt haben. Andreas amüsieren die Sätze von Zusammenbruch, Untergang, Moder und Verwesung, mit denen ein sklerotisches System verbal zu Grabe getragen wird, um diesen Leichenreden dann effektvoll Erlösung, Auferstehung und Erblühen in neuer Gemeinsamkeit (Wir werden und müssen von einander lernen) entgegenzusetzen. Hier gibt es kein Murren, keinen Widerspruch, keinen Protest. Und so ist die ganze Veranstaltung so etwas wie die Umkehrung von Andreas Advents-Performance, die eine halbe Ewigkeit zurückliegt. Und diesmal ist er es, der zuletzt alles eigentlich zum Heulen findet. Und Anna? Wenn sie diesen politischen Theologenkitsch, den sie jedenfalls nicht verhindert hat, auch noch gut finden sollte, dann war es höchste Zeit abzureisen. Auf der Rückfahrt beschäftigen ihn Fragen über Fragen: Habe ich wirklich etwas von Annas Welt gesehen und erlebt? Was habe ich wirklich über sie erfahren? Bin ich nur voller Vorurteile, weil ich ihr Leben nicht teilen darf, weil da ein Mann davor ist, der sich nicht beiseite schieben läßt? Ihn habe ich gesehen, er ist real, er ist da, nicht wegzudenken. Er hat den Vorteil der ständigen Präsenz. Aber ich will ihm Anna ja gar nicht streitig machen, sie nicht wirklich besitzen. Oder doch? Nein, wir sind Abälard und Heloise, und ich werde schon aufpassen, daß man mir nicht eines Tages den ganzen Schniebel abschneidet! Mit solchen unchristlichen Gedanken fuhr er durch die noch helle Weihnacht, durch den weißen Tunnel aus wirbelnden Schneeflokken. Und da war kein Ende des Tunnels, an dem ihm die Lichtgestalt Annas aufgetaucht wäre. Die alten Bilder zerstoben, verweht, und kein neues gewonnen. Nein, Weihnachten, das war für ihn nicht das Fest der Liebe, es war das Fest erkannter und unerkannter Diebe, die ihm die Liebe gestohlen hatten. Und als es Nacht geworden war und der Himmel offen stand, dann waren da nur Sterne ohne Schweif zu sehen. - Nein, ich bin weiß Gott kein Komet, der diese Weihnacht am Himmel über Anna erschienen ist als die Verheißung eines großen Glücks, ich bin ein Irrstern, der sich ungesehen von ihr entfernt und nicht weiß, ob sein verborgen gebliebenes Auftauchen nichts als ein großer Irrtum war. Wahrscheinlich löse ich mich auf in einen Sternschnuppenregen, der Anna völlig schnuppe ist, weil sie keine Wünsche hat, die mich betreffen. Am besten, ich hülle mich ein in meinen Nebel, bleibe unsichtbar für sie und hülle mich zudem in Schweigen, ganz so, wie sie es tut. - Andreas fühlte sich in diesem Augenblick wieder einmal als echter Waisenknabe, obwohl er keineswegs so unschuldig war. Was würde er Sibylle erzählen?

Wußte Andreas, daß trügen wurzelverwandt ist mit Traum? Glaubte er, daß er Sibylle so betrügen könne, daß ihr sein Traum verborgen bliebe? Konnte er wirklich darauf vertrauen, daß sie die Wurzel seiner Verhaltensänderungen nicht erkennen würde? Nahm sie die Veränderungen überhaupt wahr? Sie schien gleichgültig. Aber betrog er sich nicht selbst mit dieser Einschätzung? Träumte er nur davon, sein Betrug bliebe unentdeckt, und die Wirklichkeit sah trotz seiner umsichtigen Wachsamkeit ganz anders aus? Es gibt immer ungeahnte Querverbindungen, die einer ungestörten Heimlichkeit irgendwann doch in die Quere kommen. Sibylle kannte eine Dame, die eine Dame kannte, die eine Bekannte einer früheren gemeinsamen Freundin war, die ihrerseits mit einer der Schwestern Annas befreundet war, der gegenüber Anna irgendwann bemerkt haben mußte, sie habe nach vielen Jahren wieder etwas von Andreas gehört, an den sie sich ja wohl noch erinnere, und so gelangte diese möglicherweise ganz unverfängliche, wenn auch unbedachte Bemerkung über den geschilderten Weg schließlich zu Sibylle. Sibylle wurde ganz direkt: "Was macht deine alte Freundin?" "Was für eine Freundin?" "Die du gerade besucht hast. " "Was redest du für einen Quatsch! Ich habe keine Freundin besucht." "Ein schönes Weihnachtsgeschenk, vielen Dank!" Und Andreas dachte: Eine schöne Bescherung! "Mein Ehrenwort, ich habe niemanden getroffen. " "Ist schon gut, Weihnachten ist das Fest der Liebe, du Arschloch! Aber vergessen wir es." Andreas hatte nicht einmal gelogen. Er hatte seine Aussage beschränkt auf den konkreten Anklagepunkt, und in diesem Punkt war er tatsächlich unschuldig. Dennoch grübelte er schuldbewußt, wer oder was schuld war, daß seine zweifelhafte Unschuld ganz offen in Zweifel gezogen wurde. Waren seine Briefe in falsche Hände geraten, hatte Sibylle ihm Briefe von Anna unterschlagen, hatte er deshalb nichts mehr von ihr gehört? -Ich muß Anna sprechen, ich muß sie hören! Das Briefeschreiben ist ein Relikt aus vormoderner Zeit, anachronistisch im Zeitalter der Telekommunikation mit Fax und Handy und Mobil-Box. Ich werde Anna als nachträgliches Weihnachtsgeschenk ein Handy schenken, das sie jederzeit und überall zur Hand hat, um mir ungestört ein paar Minuten schenken zu können.- Andreas erwarb also auf seinen Namen dieses Wunderding, dessen Antenne, ein schwarzer Stummel, er wie einen Zauberstab in die Luft recken würde, um Annas Stimme einzufangen. Wie ein Luftgeist würde sie ihn überall umschweben können, und er würde sie in seine Ohrmuschel bannen. Für einige köstliche Minuten wäre es, als ob eine körperlose

Anna in dieser Muschel nisten würde, eine Venus, die dorthin zurückgekehrt wäre, umrauscht von den Ätherwellen. War dieses elektronische Billet, das ihren Stimmen heimlichen Einlaß in ihre Ohren und Herzen gewähren würde, nicht ebenso romantisch wie ein Billet doux vergangener Tage? Andreas legte das Kärtchen, das den Geheimecode barg, in das Schatzkästchen ein, das Annas Botschaften bergen würde, wenn er bei einem ihrer Anrufe einmal nicht direkt erreichbar wäre. Dann schickte er Anna das raffinierte Gehäuse, in dem ihre Stimme heimisch werden sollte, teilte ihr die Nummer seines Mobiltelefons mit und fügte einige Bitten und Direktiven bei. Anna erschrak. Sie spürte sofort, daß dieses unheimliche Funknetz zum Netz werden sollte, mit dem Andreas auf Stimmenfang gehen wollte, und daß sie letztlich dabei zu seiner Gefangenen würde. Die permanente Möglichkeit der schnurlosen Verbindung: eine unsichtbare Leine, eine subtile Form der Besitzergreifung! - Nein, so lasse ich mich nicht einfangen und binden! Was erwartet er überhaupt? Belanglose Plauderminuten? Oder doch bindende Geständnisse? Wenn man nichts zu sagen weiß, plappert man zuletzt genau die Dinge aus, die man unbedingt verschweigen wollte. Ich kann nicht mit ihm reden, schon gar nicht, ohne ihn zu sehen. Er wird meiner Stimme alles mögliche andichten, was gar nicht stimmt. Und dann wird er verstimmt sein, ohne Grund. Er wird das, was meine Stimmbänder erzeugen, auf irgend einem Tonband festhalten, um dem Klang und dem, was da mitgeschwungen haben mag, immer und immer wieder nachzulauschen und sich so bezeugen zu lassen, was er gehört haben will. Ich kenne ihn, er ist ein Stimmenfetischist, der meine Stimme willkürlich zum Idol erheben wird, und ich werde wehrlos sein gegenüber all seinen Interpretationen und Übertreibungen. - Anna übertrieb mit diesen Überlegungen nicht, im Gegenteil, sie hatte Andreas'

Intention durchaus richtig interpretiert. Also schrieb sie ihm, denn in absolutem Schweigen durfte sie nicht länger verharren, nein, das wäre zu unchristlich gewesen, Weihnachten und Silvester forderten Zuwendung und Zuspruch.

Mein lieber Andreas,   15.1.1990

für den ich Gefühle hege, die nicht einfach zu bezeichnen sind. Ein neues Jahr hat begonnen. Längst schon habe ich Dir schreiben wollen, habe immer wieder einen Brief an Dich in Gedanken skizziert, aber letztlich fehlten mir immer Schwung und Kraft für eine bestimmte Linie. Jeder Ansatz zerfaserte in Gedankenstrichelei. Nun hast Du mir ein Geschenk gemacht, das mich aus meiner Sprachlosigkeit befreien könnte. Es soll mir ja gewissermaßen die Zunge lösen, nicht wahr? Ein Satz, den ich Dir immer schreiben wollte, lautet: Sei mir ein Freund, den ich nicht verstecken muß! Nun forderst Du mich mit Deinem Geschenk geradezu zu einem Versteckspiel auf. Elektronischer Kram zur Geheimniskrämerei, um es ganz hart zu sagen. Bist Du mir jetzt böse? Ich sollte Dir dankbar sein, stattdessen beschimpfe ich Dich. Du siehst, wie verwirrt ich bin. Würde ich Dich anrufen, wäre ich noch verwirrter. Ich habe Deine Stimme in Deinen Briefen gelesen, Du hast mir Deine Briefe quasi vorgelesen, so gut erinnere ich mich noch an ihren Klang. Wie gut mir das getan hat! Würdest Du ganz direkt mit Deiner Stimme zu mir sprechen, so fürchtete ich, von ihrem Klang überwältigt zu werden, ja, die Schallwellen würden mich überfluten und all meinen Widerstand ertränken, so gekünstelt und bizarr dies klingen mag. Jetzt habe ich Dir schon viel zu viel davon verraten, wie sehr ich ins Schwimmen geraten bin, wie sehr ich keinen festen Grund mehr unter den Füßen spüre, seit mit Dir eine Flut neuer Möglichkeiten meinen stillen Hafen überschwemmt hat. Ich will Dämme dagegen bauen, und es ist doch alles nur Sand, der noch schneller hinweggespült würde, wenn ich mich auf Dein subversives Geschenk einließe, das Du hinter die Dämme geschmuggelt hast. Ich weiß nicht, was ich tun werde. Am liebsten würde ich das Unwetter, das sich über mir zusammenbraut, verschlafen. Ich fühle mich bereits von einem Strudel erfaßt, in den ich Dich nicht hineinziehen möchte, aber vielleicht geht es schon gar nicht mehr anders...Je t'embrasse.

Deine Anna, die schwebt und selig taumelt.

Andreas, der hoffnungsvolle und ganz und gar ungeduldige Stimmenfänger, drückte immer wieder die Zauberziffer, mit der er aus dem handlichen Tresor, in dem sich Annas Stimme doch, bitte, bitte, endlich einmal freiwillig eingeschlossen haben müßte, die akustische Kostbarkeit, entwenden könnte. Aber Anna schwieg - und stattdessen dieser Brief! Schließlich grollte er: Dann eben nicht! Was bildest du dir ein? Eine stimmbegabte Antonia zu sein, die, wenn sie ihre Stimme erhebt, gleich tot zu Boden zu sinken fürchtet? Bin ich denn ein Doktor Mirakel, der dich dazu verlockt, deine Stimme zu erheben, auf daß sie verhauche? Treibe ich dich in einen Liebesgesangstod? Du tust gerade so, als ob mein Wunsch ein für dich tödliches Verlangen sei, als ob es um Tod oder Leben ginge. Was erwarte ich schon? Ein Wort, einen kurzen Satz! Vor wem hast du solche Angst? Vor deinem Mann? Du bist ein Feigling! Ja, benütze dein Schweigen als Feigenblatt, gib dir nur keine Blöße! Aus deinen Zeilen höre ich ja doch das Zittern deiner Stimme, deine Unruhe und deine heimliche Lust, die du mir verschweigen zu können glaubst mit deiner sturen Stummheit. - Von diesen Gedanken hingerissen, ließ sich Andreas dazu hinreißen, sie flugs zu Papier zu bringen, setzte dann aber doch als versöhnlichen Abschluß darunter: Dein Andreas, der letztlich hofft, mit dieser Roßkur dich von deinen Ängsten zu befreien, auf daß sich das Mirakel ereigne: Deine Stimme verläßt die Gruft des Schweigens, um für mich zu leben! Die Ätherwellen kennen keine Flut. Was also fürchtest Du? Corraggio! Anna verschlugs die Sprache. Roßkur! Welcher Teufel hatte Andreas geritten? Aber magisch zog sie es in die Küche (sie spürte, in des Teufels Küche geraten zu sein), um das Teufelswerkzeug aus einem tief unten verborgenen Kochtopf hervorzuholen. Sollte sie zum Teufelsbraten werden, sollte sie sich als Eheteufel erweisen? Die brave Pfarrersfrau kam sich sehr teuflisch vor, als sie gehorsam dem höllischen Gerät, an dem sie sich sicher gleich die Finger verbrennen würde, ihren PIN-Code eingab, eine Art Hexeneinmaleins, mit dem sie den Handel mit dem Teufel eröffnete, um ihm am Ende zumindest ihre Stimme zu verkaufen. Das Gerät signalisierte ihr: "Code akzeptiert". Nun war sie mit dem Teufel im Bund, er wartete nur noch darauf, daß sie ihn anriefe. Also zog sie aus ihrem Geldbeutel das winzige Zettelchen, auf das sie die ungewohnt vielstellige Nummer notiert hatte, und gab sie ein, Ziffer für Ziffer - zusammen eine Chiffre, geheimer Zugang zur Erfüllung von Wünschen, die sie selbst noch nicht zu entziffern wußte. Das Display (was für ein schrecklicher.Begriff, was für eine nüchterne Anzeige, die mit ihrer digitalen Sachlichkeit die unmeßbaren Gefühle verhöhnt!) forderte "Anrufen". Anna aber drückte die Korrekturtaste, und sogleich erschien auf der Anzeige wieder der so harmlos beliebige Begriff "Menü". Mein Gott, was war sie nur im Begriff, sich selbst aufzutischen! Was für eine Suppe würde sie da auszulöffeln haben! Ein einfacher Tastendruck und "Menü" war ersetzt durch "Optionen". Darüber stand "Telefonbuch". Aber sie hatte keine Nummer gespeichert (und schon gar nicht Andreas' Nummer!), also war der Befehl "Suchen" sinnlos. Was suchte sie überhaupt? War das ganze Unterfangen nicht sinnlos, ein seltsames Unternehmen? - Ein

Unternehmen, mich selbst gefangen zu setzen! Ich ordne mich seinem Wunsch unter, und er nimmt mir abermals meine Freiheit. - Noch einmal "Optionen". - Welche Optionen habe ich denn noch? "Hinzufügen". Du hast meinen Brief, was soll ich dem noch mündlich hinzufügen? "Löschen". Das ist es. Auslöschen! Die ganze Geschichte einfach auslöschen, bevor mir das Haus in Flammen steht! Zurück in den Kochtopf mit dem Teufelsding, den Deckel drauf und 'raus aus der Hexenküche!- Dann begann ein groteskes Hantieren, als habe die Köchin den Verstand verloren. Es blieb ihr nicht viel Zeit, wieder zur Besinnung zu kommen, Gabriel würde jeden Augenblick vom Unterricht kommen, wo er die Konfirmanten gefragt hatte: "Du sollst nicht ehebrechen - Was ist das?" Die Ehe brechen - das heißt, eine Taste drücken, eine Nummer eingeben, die Ansage mit der Aufforderung zum Sprechen abhören und nach dem Signal dem Empfänger hastig mitteilen: "Am vierten Sonntag nach Epiphanias - nachmittags gegen drei - sollst du mir wieder erscheinen - im Chor unserer alten Kirche, wo einst...ach, du weißt schon..." Eine Minute später erschien Gabriel und fragte als erstes: "Was gibt es zu essen?" Anna antwortete ihm nur mit einem komplizenhaften Grinsen, das er bei aller Übung in Exegese nun wirklich nicht zu deuten wußte. Und beinahe hätte Anna ihrem nonverbalen Grinsen doch noch die passenden Worte hinzugefügt: "Ich habe etwas Schönes angerichtet. "

Epiphania! Die so lange unsichtbare Gottheit erscheint mir armen Menschenkind! Werde ich dennoch auch ihr als eine Gottheit erscheinen? Mein Gott, wie sehe ich aus! Keine zwei Wochen mehr, um wenigstens drei Kilo abzunehmen! Ich brauche einen Friseurtermin! Soll ich den Bart so lassen oder ihn ausrasieren wie einst? - Andreas versuchte, seinem aufgewühlten Innern in Äußerlichkeiten zu entkommen, um dadurch aber nur noch aufgeregter zu werden. - Und Anna? Werde ich sie überhaupt wiedererkennen? Ich habe mich schon einmal getäuscht. Aber diesmal wird sie zwischen den Säulen stehen, die den Bogen zum Chor tragen. Und wenn sie nicht mehr die Göttin ist, die sie einst war? Was, wenn sie nicht mehr, gleichsam in eine Aureole gehüllt, dahin schwebt, sondern höchst korpulent auf mich zukommt? Was, wenn Isot daherkäme auf Beinen, die nichts mehr wären als zween dürre Klapper-Rechen? Ihr Leib sichtbar aus Leim und Koth? Oh, daß mich die Tarantula! - Andreas packte das Lampenfieber, das er vor nunmehr dreiundzwanzig Jahren empfunden hatte, als er in die Rolle des Einübenden ins Sterben geschlüpft war, dabei ging es doch jetzt um Epiphanie, um die Verheißung der Auferstehung also. Er empfand dieses Lampenfieber keineswegs als Eustreß, wie er seinen Adepten immer riet, sondern ganz und gar als Distreß, der ihm Hirn und Knochen marterte. Vielleicht würde ihm ja helfen, den Ort der bevorstehenden Handlung aufzusuchen, um sich gewissermaßen zu akklimatisieren, Einübung in ein Ungewohntes, Ungeübtes. Er war jahrelang nicht mehr dort gewesen, wozu auch. Jetzt zog es ihn mächtig zur alten Kultstätte. Vielleicht würden ihn die Drolerien, die die Kanten jener Grabplatte umliefen, erheitern, vor allem der Kopf des Narren, Narr, der er selbst jetzt war. Grüß Gott, die Herren! Immer noch standen sie da mit ihren Handgranaten zwischen den Beinen, weiterhin ungezündet, und dies wohl bis in alle Ewigkeit. Die Damen hatten ihre Häubchen immer noch nicht abgenommen, und der Faltenfall ihrer Gewänder war kein bißchen in Unordnung geraten. Alles war in solch protestantischer Ordnung, daß keiner der schläfrigen Hunde auch nur vom Bellen träumte. Allgegenwärtiger Stillstand, die Gegenwart unverrückt und unverrückbar. Nur Andreas hatte all die Jahre nicht stillgestanden und hatte sich so verändert. - Ich müßte noch einmal werden, was ich schon einmal war, um in dieser verlorenen Gegenwart noch einmal anzukommen. Wenn Anna ankommt, werde ich die verlorene Zeit wiederfinden, ein bißchen Zukunft noch - und die Vergangenheit ist Gegenwart. Dann, meine Damen und Herren (und auch ihr Hunde nicht zu vergessen), gehören wir alle wieder zusammen. Die Damen lösen aufgeregt die Häubchen, die Herren nesteln an ihren Suspensorien, die Hunde schnuppern aufgeregt: Odor di femmina! Anna ist Gegenwart! Und alle Vergangenheit und alles, was ich darin war, ist vergessen. Anna und Andreas stehen euch gegenüber, meine Damen und Herren und meine Hunde, wir sind anwesend und also euch und mit euch gegenwärtig, auch wir nunmehr unverrückbar, und gemeinsam mit euch werden wir hier harren in dauernder Gegenwart. Welch eine Ruhe!- Plötzlich tönten Bordun und Dulcian, Gernshorn und Schwiegel, Cornett und Nasat, und die Töne wurden zur Zeit, die verklingt. Und mit dem steten Verklingen war es zu Ende mit dem Traum von der Stetigkeit, der unverrückbaren Gegenwart. Die Ruhe war dahin. Unruhig wie er gekommen war, verließ Andreas Damen und Herren und Hunde.

7. Kapitel

Der vierte Sonntag nach Epiphanias kam. Es war ein nasser, kalter Februartag, an dem die Sonne den schweren grauen Wolkenvorhang nicht zu öffnen vermochte und also nicht erscheinen würde. Aber Anna! Sibylle hielt ein Wochenendseminar für jugendliche Halbgötter (Börsianer und Banker) ab, die noch blendender in Erscheinung zu treten wünschten. Andreas hatte mit diesen Wechslern, die nichts im Tempel verloren hatten, zumindest diesmal nichts im Sinn. Er besuchte den Hauptgottesdienst und lauschte dem Evangelium: "Da liefen ihm entgegen zween Besessene, die kamen aus den Totengräbern, und waren sehr grimmig, also daß niemand dieselbe Straße wandeln konnte. Und siehe, sie schrieen und sprachen: Ach Jesu, du Sohn Gottes, was haben wir mit dir zu tun? Bist du hergekommen, uns zu quälen, ehe es denn Zeit ist? Es war aber ferne von ihnen eine große Herde Säue an der Weide. Da baten ihn die Teufel und sprachen: Willst du uns austreiben, so erlaube uns, in die Herde Säue zu fahren. Und er sprach: Fahret hin! Da fuhren sie aus, und fuhren in die Herde Säue. Und siehe, die ganze Herde Säue stürzte sich von dem Abhang ins Meer und ersoffen im Wasser." - Ein schöner Prolog zur bevorstehenden Szene! Eine abgefeimte göttliche Intrige! Ja, Gott will mich Besessenen zur Sau machen. Und Anna? Ist sie in deinen Augen auch eine Besessene, von mir besessen und also dazu verdammt, in eine Sau zu fahren und im Taufbecken zu ersaufen, aus dem ein Pfarrer einst Wasser schöpfte, um es mir über den Knabenschopf zu gießen, damit ein rechter Christ aus mir würde? Und was ist aus mir geworden? Ich bin nicht stillgestanden wie die steinernen Herren dort drüben. Ich habe mich zu viel herumgetrieben, mit zu viel Herz und oftmals geradezu besessen. Beruhige dich! Vielleicht kommt sie ja gar nicht.- Andreas nimmt sein Handy aus der Manteltasche und drückt die Ziffer, die jetzt seine Glückszahl werden könnte, indem sie seine Erlösung herbeiruft. Die Ansagerin spricht gewohnt routiniert: "Hier ist Ihre Mobil-Box." - Und jetzt, was kommt jetzt? - "Sie haben zur Zeit keine neuen Nachrichten ... Zur Beendigung der Verbindung legen Sie einfach auf" Anna hat also nicht abgesagt, sie ist unterwegs, nicht mehr aufzuhalten. Das Unglück ist nicht mehr aufzuhalten! Zur Beendigung der Verbindung legen Sie einfach auf! Wenn es so einfach ginge! Dies ist keine Fernsteuerung, mit der ich sie zur Umkehr bewegen könnte. Oder doch? Ich rufe sie an und schicke sie nach Hause. - Andreas druckt nun doch wie ein Besessener die Haupttaste: "Telefonbuch" - "Suchen" - "Name" - "Anrufen". Die Ruftöne, dann die Stimme: "Der von Ihnen gewünschte Teilnehmer ist zur Zeit nicht erreichbar, wenn sie eine Nachricht hinterlassen wollen..." Nicht erreichbar - ganz so wie in all den schrecklich langen Jahre. Aber wie gut war es, daß sie jetzt nicht erreichbar war! Indem sie in dieser Minute nicht erreichbar war, würde sie ihn in wenigen Stunden erreichen. - Also gut. Dann proben wir jetzt zumindest die ersten Sätze: Wie war die Fahrt? Anstrengend? Aber gut schaust du aus. Und wenn ihr Gesicht ein Kompositgesicht ist, eine Überlagerung von Gesichtern - die Zwanzigjährige, die Dreißigjährige, die Vierzigjährige, das alles übereinander gelagert und verschmolzen zu einer Komposition aus Spiegelungen, Umkehrungen, Krebsgängen all der Themen, die ihr Leben bestimmt haben, die ich nicht kenne und also nicht zu analysieren vermag? Gut schaust du aus. Dabei verstehe ich ihr Gesicht nicht. Wie soll ich seine Urgestalt wiedererkennen? Und wenn ich es denn hinter all den thematischen Veränderungen erkennen würde, wenn die liebliche Arietta am Ende in ihrer Urgestalt wieder erklänge, es wäre doch nie und nimmer das, was einmal war, zu viel ist damit geschehen, an dem ich nicht teilhatte. Ich war nicht ihr Kontrapunkt, nicht Begleitstimme, nicht mit ihr verflochtenes selbständiges Thema. Wir haben uns nicht gemeinsam verwandelt, jeder von uns hat seine Variationen selbständig durchlaufen, also gibt es auch keine gemeinsame Rückkehr in die Urgestalt. Gut schaust du aus. Aber was hat das mit mir zu tun? Ich werde in deinem Gesicht nichts mehr von mir erkennen. Dein neues Gesicht wird mir ganz fremd sein. Ich habe keine Lust, Fremdes in dir entdecken zu müssen. Du bist weggegangen, getrennt sind wir vorwärts gegangen, das heißt: einander fremd werden. Ich will nichts wissen von dem, was dir dort begegnet ist, wo ich immer ein Fremder sein werde. Aber gut schaust du aus. Das Fremde ist dir gut bekommen, besser womöglich als das, was uns beiden gut bekannt ist und was wir gemeinsam noch erfahren hätten. Ich will nicht sehen, daß es dir gut geht!

Anna fühlte sich überhaupt nicht gut. Sie hatte Gabriel ihren Plan sehr spontan und reichlich operettenhaft erklärt: Sie müsse endlich wieder einmal in die alte Heimat zu ihrer einsamen Tante fahren, der es gar nicht gut gehe; sie bliebe aber nur eine Nacht. Auch Gabriel hatte - ähnlich wie Sibylle - ein Wochenendseminar abzuhalten, wo er der trendgerechten Marketingstrategie seiner Kirche folgend, zerknirschten Managern zum Thema "Ökonomie und christliche Ethik" die Leviten lesen würde, um damit zugleich die Ökonomie seines eigenen Haushalts erheblich zu sanieren. So befanden sich die Ausgangspunkte für das Abenteuer in schönster Symmetrie, und die unbeteiligten Partner ahnten nichts von einer drohenden Schieflage ihrer Verhältnisse. Anna hatte noch etwa zwei Stunden Fahrzeit vor sich. Ihr Handy lag abgeschaltet im Handschuhfach. Obwohl niemand außer Andreas die

Nummer kannte, fürchtete sie, man könne ihr nachspionieren, sie auf elektronischem Weg einholen, ihren Standort jederzeit ausmachen: Wo bist du gerade? - Ja, wo bin ich, wohin führt das? Ich bin auf der Autobahn, die sich als schiefe Bahn entpuppt, ich fahre auf der falschen Spur, ich bin eine Geisterfahrerin, ich fahre ohne Tempolimit ins Verderben, weil ich dabei bin, eine viel entscheidendere Grenze zu mißachten, ein moralisches Gesetz, ich bin eine unmoralische Fahrerin, ein Verkehrsrowdy der besonderen Art. In Ostberlin sitzen sie jetzt auf Einladung der Kirchen an einem "Runden Tisch", um die Verhältnisse neu zu ordnen, derweil ich das gerade noch westlich der Demarkationslinie gelegene Pfarrhaus verlassen habe, mich von Gabriels und meinem Tisch trenne, um unser Verhältnis gründlich in Unordnung zu bringen. Diese Fahrt führt mich am Ende in eine ganz und gar verfahrene Geschichte, ich nehme die nächste Ausfahrt! - Anna folgte einer Umleitungsempfehlung auf blauem Grund (Fahrt ins Blaue, nur nicht zu diesem fatalen Ziel!), die schon nach wenigen Kilometern einmündete in die nächste Auffahrt. Zurückstoßen wäre richtig aber sträflich. - Alle Wege führen zu Andreas. Gottes Wege sind unerforschlich, und wenn ich ihnen folge, wird er mich dennoch strafen. Mein Gott, ich bin nur deine gehorsame Sünderin. - Am nächsten Rastplatz legte sie eine Denkpause ein. Sie stellte die Rücklehne soweit zurück, daß sie entspannt liegen konnte und durch die Frontscheibe nur noch das nichtssagende Grau sah, das den Himmel verschleierte und verdunkelte, keine Wolkenbilder, die zu irgendwelchen Assoziationen hätten anregen können, eine öde Projektionsfläche, auf der sich nichts, aber auch gar nichts tat. Sie stellte das Radio an. Orgelmusik, natürlich Orgelmusik, am Sonntag orgelt es selbst auf Radiowellen, die sonst nur akustische Brühe in jedes Gehäuse schwappen lassen! Das Rauschen von der Autobahn ertrank in der mächtigen Flut der Orgelklänge. Und diese Klänge wurden zur Filmmusik, die auf der grauen Leinwand die dazu gehörenden Bilder entstehen ließen: Das Bettgestell. Die schmuddelige Matratze. Die Kandelaber. Das Kerzenlicht. All dies umstellt von den fürstlichen Grabmälern. Anna schaut hinauf aus der Gegenwart in eine Vergangenheit aus Gegenständen auf grauem Grund und entdeckt zuletzt das blutgetränkte Laken. - Es ist nur ein Farbklecks, ohne Bedeutung. Nichts wird sich wiederholen, dies schon gar nicht. Diese blöde Mystifikation der Einmaligkeit! Aber genau darum hänge ich so an ihm! Seine verdammte, unverdiente, ganz und gar zufällige Einmaligkeit! Er war nicht sehr geschickt und ziemlich ahnungslos, glaube ich wenigstens. Und sein Werk? Ein Farbklecks nur, aber nicht auszulöschen, nicht zu überpinseln, und dieser ursächliche Pinsel nicht zu leugnen, nicht ins Vergessen zu scheuchen. Wir nehmen uns alle ganz einfach zu wichtig! Er hat den Kopf immer wieder über die Schulter gedreht und hoch zur Kanzel geschaut, als ob dort das für ihn eigentlich Wichtige vorginge. Er war es, der Angst hatte, der Blasphemiker hatte Angst, während die Pfarrerstochter ganz einfach nur Schmerzen hatte. Nein, Andreas, du warst nur mutwillig, aber sehr mutig warst du nicht. Am Ende habe ich wohl Hosianna geschrien, trotz der Schmerzen. Hilf doch! Du warst mein erster Helfer in dieser Sache. Aber ich bin nicht von dir besessen, nein, das bin ich nicht! - Anna hatte am Vorabend ihrer Abreise das Evangelium zum vierten Sonntag nach Epiphanias aufgeschlagen auf dem Pult neben dem Altar gefunden und überflogen: „Ach Jesu, du Sohn Gottes, was haben wir mit dir zu tun? Bist du hergekommen, uns zu quälen, ehe es denn Zeit ist?" Sie hatte mit Jesus sehr viel zu tun; sie fühlte sich ganz und gar nicht als Teufelsweib. Und dennoch hatte sie der Bibeltext quälend betroffen gemacht, als habe Jesus sie ins Herz getroffen: Mit diesem Treffen trifft dich eine große Schuld. - Ich treffe mich mit dem, an dem ich schuldig geworden bin! Ich bin nicht vom Teufel besessen, es ist keine säuische Lust, kein viehischer Trieb, die mich zu ihm treiben, es ist sehr menschliche, christliche Nächstenliebe. Wir haben beide lange genug gelitten, uns lange genug gequält, jetzt ist weiß Gott nicht die Zeit, uns zu quälen, bevor wir einander verzeihen können. Deine Botschaft und Warnung, Herr Jesus, ist unchristlich! Ich fahre zu ihm, selbst wenn du mich in eine Herde Säue fahren lassen solltest! - Die Orgelklänge haben sich im Diminuendo des Nachhalls verloren, der Himmel ist wieder eine graue Leere. Anna hört die Wagen, die vorüber rauschen, und es überkommt sie eine große Lust, sich einzureihen in diesen anonymen Strom und sich von ihm mitreißen zu lassen. Noch eine Talbrücke, noch eine weit gezogene Biegung, dann liegt die Stadt plötzlich vor ihr. Im Radio die Ansage der 15.00 Uhr-Nachrichten! (Man kommt sich näher am zentralen Runden Tisch). Mein Gott, gerade noch pünktlich, denn da grüßt schon der Glockenturm, lüpft seinen barocken Helm zum Willkommensgruß. Gott droht also nicht mit seinem Finger, sondern scheint jetzt ganz einverstanden, daß zwei Menschenkinder einander wieder begegnen. Es ist ja auch die Zeit, daß sich die Bürger bewegen und an kleinen regionalen Runden Tischen zusammenfinden, wozu die Kirchen einladen. Wir folgen doch nur dem Gang der Geschichte, Gott will es so. Also der Einladung gefolgt, hinunter zur Kirche, den Wagen neben dem Mauerrest abgestellt, der den Kreuzgang nurmehr andeutet, und hinein durch den schmucklosen nördlichen Seiteneingang! Die Kirchturmuhr verkündete, daß die Zeit der Wiedererscheinung Annas gekommen war, am vierten Sonntag nach Epiphanias im zwanzigsten Jahr nach ihrem Verschwinden. Wenige Minuten vor Annas Ankunft verschwand Andreas hinter der halb geöffneten Tür zur Sakristei, von wo aus einst

Annas Heulen nach der verunglückten Einübung ins Sterben gekommen war. Andreas hätte etwas darum gegeben, sich abermals unter einem Berg von Kartoffeln und Zwiebeln in einer Holzkiste verkriechen zu können, um unsichtbar im Chor gegenwärtig zu sein bei Annas Auftritt. Sein Blick durch die angelehnte Sakristeitür fiel direkt auf die im Chorzentrum platzierte Tumba, die aus dieser Perspektive in einer Grabkammer zu stehen schien, deren Wände nicht höher waren als die fürstlichen Grabmäler. Die Komposition des Bildes erinnerte stark an ein Pharaonengrab, zu dem er im Tal der Könige hinunter gestiegen war. Gleich würde seine Isis erscheinen und sein verhackstücktes Seelenleben wieder zusammenfügen wie es jene jugendliche Iris mit seinem des Lebens müden Freund getan hatte. Und wenn Isis sich entpuppte als die Schwester jener unansehnlich gewordenen Komparsin, die nur noch im Erinnerungsfilm seines Freundes ein Wunderwesen war? - Gleich wird es mir wie ihm ergehen, dem alten Pfeifenschmaucher, der in einer verloschenen Glut herumstocherte, und dem, mochte er noch so gierig an seinen Erinnerungen saugen, doch nur die graue Asche des Hier und Heute blieb. Anna ergraut! Ein aufgeblähter Leib, ein Altersbuckel, krumme Beine, auf denen sich die Varizen wurmartig krümmen! Anna eine frouwe werlt, die mir jetzt ihre wurmstichige Seite zeigt! Das, ach, so ferne Spiel vom Einüben ins Sterben wird diesmal sehr real, wir sind nahe dran, den Ernstfall nicht zu proben, sondern zu erleben! - Anna hatte wenige Minuten nach Andreas die Kirche durch den Nordeingang betreten. Sie hatte sich für die paar Schritte vom nah geparkten Auto in ihren knöchellangen Wintermantel gepackt, weniger wegen des naßkalten Februarwetters, sondern um sich wetterfest zu machen für eine vermutlich stürmische Begegnung, wobei noch keineswegs vorauszusagen war, woher der Wind wehen und wohin er sie tragen würde. Andreas entdeckt also eine vermummte Gestalt, die jetzt um die Tumba schreitet, ein Gespenst, der Tumba entstiegen, um seinen Mummenschanz zu treiben. - Ja, ja, wenn das Anna ist, so ist es Mummenschanz, denn wir treiben miteinander ein verbotenes Spiel! Die Würfel sind gefallen. Sie ist da. Ist das unser Glück? Nein dieses bebrillte Gesicht kann nicht Anna sein. Oder ist das Teil des Mummenschanzes, der Maskerade, mich zu täuschen, zunächst zu enttäuschen, um hernach die blauen Augen um so leuchtender glänzen zu lassen? Ich denke mir die Brille weg und erkenne dennoch nicht mehr die sinnenfrohe Freiluftmalerei auf ihrer Stirn. Es sind die Krakelüren, die Altersrisse, die das Bild zerstört haben. Es könnte also durchaus Anna sein, auch die Nase ist trotz der vom Brillengestell verdeckten Wurzel unzweifelhaft Annas Nase. Jetzt streicht sie mit den Fingern über die Drolerien, die die Kanten der Grabplatte umlaufen, und zupft ein bißchen an der marmornen Narrenkappe. Sie lächelt über ihr eigenes närrisches Treiben. Das ist Annas Lächeln. Das sind Annas Finger, etwas verdickt zwar und stärker gerötet, aber immer noch bereit zu einem zärtlichen Streicheln. Ich bin ein Narr, ich nehm's auf meine Kappe, ich gehe jetzt hinaus zu ihr und spreche sie an, ganz gleich, wer sie ist! Anna und Andreas stehen einander gegenüber nach zwanzig Jahren. Und sie erkennen einander sofort. Wie begrüßt man sich nach zwanzig Jahren in einem gotischen Chor? Wir sind nahe der französischen Grenze, wir haben gelernt, uns mit Küßchen rechts, Küßchen links auf die Wange zu begrüßen. So einfach geht das. Keine Spur von Erotik, kein Anzeichen von Erregung. Annas Mantel hängt mit senkrechtem Faltenfall, da bauscht sich nichts auf, kein Stoff und keine Gefühle; sie hat sich eingereiht in die Galerie der stocksteifen Stockprotestantinnen. "Wie war die Fahrt? Anstrengend? Aber gut schaust du aus." "Danke. Du siehst auch gut aus. - Hier hat das Bett gestanden, nicht wahr?" "Nein, da lag nach deiner Szene die Holzkiste." "Aber die Kandelaber hatten wir doch..." "Die standen weiter links, um das Bett herum." "Ist ja auch egal. " "Vorbei und passé." "So ist es." "Gehen wir also?" "In ein Café?" "Wohin sonst? Für einen Spaziergang ist es zu ungemütlich." Es war überhaupt alles ganz und gar ungemütlich, sie fühlten sich beide höchst ungemütlich, da sie ihre gegenseitigen verstohlenen Seitenblicke spürten. Andreas sah, daß Annas Finger doch merklich wulstiger geworden waren. An ihrer linken Wange bemerkte er einen krustigen Fleck, der offenbar nicht abheilen wollte, und den sie deshalb mit einer kräftigeren Makeupschicht zu überdecken suchte, was aber nur zur Verdeutlichung und Vergrößerung der ungesunden Hautpartie führte. Merkwürdig, dieses Suchen nach Defekten, als ob er damit sein schadhaftes Gleichgewicht intakt bringen, als ob dieses Herumstochern seiner Blicke in ihrer gestörten Makellosigkeit, womit er das Idealbild zerstörte, seine Verstörung beruhigen könne. Andreas fürchtete, nicht mehr vor ihr bestehen zu können, also hoffte er, durch ihre Schwächen stark zu werden. Anna war zunächst von der Eleganz seines Mantels, seines Schals, seines Schuhwerks irritiert. - Das ist nicht mehr der Mann, der auf seine inneren Werte schwört. Er inszeniert mit seiner Vermummung einen Mummenschanz, er spielt mir doch mit dieser Maskerade nur eine Komödie vor, die nicht sein Ernst sein kann! Wird er auch so reden, modisch, mit frisierter Schnauze? - Wer dann aber im Café unablässig und belanglos daherredete, das war Anna. Weitschweifig schilderte sie jedes Detail von Ereignissen und Personen, die Andreas kein bißchen interessierten. - Sie schweift ab, mit ihren Geschichten und Blicken. Glaubst du, ich merkte nicht, daß du dabei ein ganz bestimmtes Ziel im Auge hast? Du willst nicht auf den Punkt kommen! Je mehr du so scheinbar locker abschweifst, als wolltest du mich ganz selbstverständlich mitnehmen in deine Welt, desto mehr bewegst du dich in Wahrheit von mir fort. - Aber das wagte Andreas nicht, ihr ganz offen zu sagen. Er mimte den interessierten Zuhörer, geduldig, ohne Zwischenbemerkungen und Zwischenfragen, und hoffte, sie landete mit ihrem Umherschweifen irgendwann doch bei ihm, sie brauche, statt schnurstracks und geradeaus auf ihn zuzugehen, diese Umwege, um zu vertuschen, daß sie auf Abwege (Seitenwege - Seitensprung!) geraten war. Die Zeit war knapp, sie mußte in zwei Stunden bei ihrer Tante sein, wenn sie nicht in einen Erklärungsnotstand geraten wollte, das hatte sie Andreas gleich erklärt. Die Umwege durften also nicht zu lange dauern, als Anlauf zum Aufwärmen mochten sie hingehen, aber die Zielgerade durfte nicht verpaßt werden! Sie bestellten nun schon den zweiten Espresso. Die Zeit drängt! Jetzt schnell die eigentliche Botschaft, ohne Umschweif, expressis verbis! "Ich muß jetzt gehen, sonst gibt es peinliche Fragen." Und damit stand Anna auf, holte selbst ohne Umschweif ihren Mantel und ging befreit vornweg ins Freie. Andreas fuhr sie zurück zu ihrem Wagen. "Oh Gott, hoffentlich hat niemand aus dem Pfarrhaus mein Nummernschild gelesen! Wie konnte ich nur so blöd sein, den Wagen dort stehen zu lassen!" Andreas lachte: "Vor unserer Haustür steht jedes Wochenende ein fremdes Auto, das kutschiert eine Dame abends in unsere Gegend, die dann irgendwo decouchiert. Keiner kümmert sich weiter darum. Wozu also die Aufregung am hellichten Tag?" "Du siehst doch, was für eine frivole Geschichte dir gleich einfällt, warum sollen andere nicht ähnliche Gedanken haben!" "La belle du jour!" "Mach' dich nur lustig über mich! Mir ist die Sache peinlich." "Danke für das Kompliment. " "Sei nicht beleidigt, wenn ich nur vorsichtig bin!" "Du bist die ganze Zeit nichts anderes als vorsichtig gewesen. Foresiht, lateinisch providentia, auch ge´-

braucht wie Vorsehung, göttliche Vorsicht - so hätte unser
Professor doziert. Wären Tristan und Isot so vorsichtig gewesen...na, und die göttliche Vorsehung hat sie auch nicht geret-
tet." "Ich will nicht, daß du glaubst, an den Anfang unserer
Geschichte zurückkehren zu können." "Markige Worte. Hast
du solche Angst vor deinem Mann. " "Ich denke nicht daran,
mit dir über Gabriel zu sprechen. Ja, er ist sehr eifersüchtig.
Ich steige jetzt aus." "In jeder Beziehung?" "Wir werden
sehen..." Und schon war sie hinüber gegangen zu ihrem
Wagen. Als sie den Motor angelassen hatte, kurbelte sie das
Fenster hinunter und winkte zu Andreas hinüber, der neben
seiner geöffneten Wagentür stehen geblieben war. Andreas
lief zu ihr, beugte sich ins Wageninnere zu Anna und küßte
sie auf den Mund. Ihre Lippen formten sich zu einer zögerli-
chen, aber doch deutlich spürbaren Erwiderung. Unterdessen
legte sie den Rückwärtsgang ein und ließ den Wagen langsam anrollen. Andreas zog sich zurück. Während Anna das
Fenster hochkurbelte, sagte sie noch: "Jetzt habe ich ganz zum
Schluß doch noch meinen zärtlichen Andreas wieder erlebt,
so wie er einmal war." Und schon war sie in die Hauptstraße
eingemündet und verschwunden. Andreas ging zurück in die
Kirche und setzte sich direkt unter die Kanzel. - Was nun, bin
ich abgekanzelt worden oder habe ich eine frohe Botschaft
vernommen? Herr Komtur, ihre Tochter erinnert mich sehr
an ihre Namenscousine: "Ch'io ti lasci fuggir mai!" Wer ist
denn hier geflohen? Sie oder ich? Und wenn ich es gewesen
wäre, der vor ihr geflohen wäre, hätte sie das so gewollt? Diese Annas wissen nicht, was sie wollen! Aber Sie sind natürlich mit Annas Abgang zufrieden, nicht wahr? Was Sie nicht
richtig mitbekommen haben, mein Herr, das ist die leichte
Kontraktion der Lippen Ihrer Tochter, die Erwiderung meines Kusses, der sie kein bißchen angewidert hat! Diese Lippen haben meinen Mund nicht weggeschoben, sie haben sich

vorgewölbt, um meinen Lippen näher zu sein! Das sollten Sie wissen! Vielleicht fährt ihre Tochter jetzt als furia disperata zu ihrem Don Gabriele, aber sie wird sich hüten, ihm die Wahrheit zu sagen. Und wenn sie mich weiter verfolgen wird, wird dies kaum mein Verderben sein! Nach diesem Kuß weiß ich, wie es in Anna wirklich aussieht. Wir werden das Stück mehr giocoso, denn als dramma aufführen, das verspreche ich Ihnen zum Trotz! - So, das wäre gedacht! Und durchaus vergnügt beschließt Andreas damit den zunächst gar nicht vergnüglichen Akt.

Schon zwei Tage später eröffnete Anna den nächsten Akt mit zwei leicht dahingeschriebenen Zeilen in einem Brief, der sein eigentliches Gewicht durch das beigefügte Foto erhielt. Anna steht da in einem leichten, ärmellosen Sommerkleid, das ihr nur bis zu den Knien reicht, angelehnt an den Bogen eines Kreuzgangs; sie erstrahlt im südlichen Licht vor dem verschatteten Hintergrund. Das Kleid gefällt Andreas nicht. Das Stoffmuster, würde Sibylle sagen, die den guten Geschmack immer auf ihrer Seite hatte und die Kitschkeule als Totschlagargument benutzte, das Stoffmuster ist doch arg spießig, und das ärgert Andreas, denn es fordert ihn zum Vergleichen heraus und verdirbt so die Konzentration auf die Lichtgestalt, wirft einen ersten leichten Schatten auf das Wunderwesen, zu dem Anna trotz der geröteten Hände und des Wundmals auf der Wange nach ihrem Entschwinden am Tag der Erscheinung für ihn emporgestiegen war. Jetzt kann er endlich ihre nackten Arme sehen und ihre schlanken Beine. Auch die Brille hat sie abgenommen, und so steht sie vor ihm ohne jede schützende Armierung. Das Foto ist erst im letzten Sommer entstanden, und Anna ist also immer noch schön, eine Sommerschönheit, die er im Winter nur nicht recht wahrnehmen und gebührend bewundern konnte. Die beiden

Zeilen lauteten: "Als ich Dich sah, war mir, als wäre die Zeit stehen geblieben. Bis bald, mein Freund, ich rufe Dich an. " Sie hielt Wort, schon am nächsten Tag verkündete die anonyme, routinierte Ansagerin auf seiner Mobil-Box: "Sie haben eine neue Nachricht." Und dann erklingt die so vertraute, so wohltönende Stimme, deren Klang allein schon von einer Herzensangelegenheit kündet: "Es war wunderschön mit dir. Du weißt schon ... " Abermals dieses "Du weißt schon", das in ihm als eine Ouvertüre tönt, die ihm, ohne das eigentliche Thema vorwegzunehmen, alle nur denkbaren Entwicklungen eröffnet. Andreas ruft die tönende Verheißung immer und immer wieder ab, berauscht sich an der Ouvertüre, die alles Weitere so herrlich offen läßt, aber schon in die wundersame Atmosphäre dessen einführt, was kommen würde. Diese Ouvertüre verdient eine bessere Klangqualität, verdient, den ganzen Raum auszufüllen mit ihrem Wohllaut. Also zapft Andreas die Klänge mittels eines Mikrofons gleichsam ab und bannt das kurze Rezitativ auf eine Tonkassette. Wenn er abends allein im Haus ist, dann stellt er das Foto auf eine der großen Lautsprecherboxen, richtet einen der Punktstrahler darauf und inszeniert so sein Son-et-lumière-Spektakel "Channah, die Gnade, nach zwanzig Jahren mir zuteil geworden. Hosianna!" Ja, Andreas ist glücklich in diesen Tagen. Bei jedem Gespräch, das er führt, ob mit Sibylle oder in größerer Gesellschaft, hört er als Cantus firmus immerzu die Stimme Annas, und alles Geplapper um ihn herum ist nur nichtssagende Figuralvariation, die das Thema "Du weißt schon ... " nicht zu überlagern vermag. Er hört sich reden und glaubt, seine Stimme duettiere mit sich selbst, indem sie ohne Unterlaß jeder Aussage die obligate Melodie "Du weißt schon..." hinzufügt, und dies in Annas Tonlage. Und oftmals lächelt er, wenn er Sibylle ansieht oder in die Runde schaut, die auf dem Ohr betreffs dieses Themas so ganz und gar taub zu sein scheinen. Er selbst hatte mit dem inneren Ohr ein Thema noch nie so gut zu hören vermocht. Für Annas Stimme hat er das absolute Gehör. Die anderen kennen noch nicht einmal die Partitur, jene Seite mit den zwei Zeilen. Anna ist erneut zu seiner Komplizin geworden, und ihr beider Diebesgut sind die neu erwachten Gefühle, die sie miteinander teilen. So dachte Andreas. Annas Gedanken sahen doch ein wenig anders aus. Ihr sibyllinisches "Du weißt schon ... ", das Andreas so begeisterte, ja, entzückte, wie es die Sprüche der Sibyllen (und hier, wenn sie gerade nicht Sibylle, sondern Anna heißen) zu tun pflegen, wollte eigentlich unterschwellig weissagen: Du weißt schon, das alles ist nicht so einfach, so wunderschön wird es wohl nicht bleiben, ich fürchte, wir werden Schwierigkeiten damit bekommen. Du weißt schon ... mehr kann ich dir nicht sagen, es ist zu gefährlich und droht, böse zu enden. Anna war weniger glücklich, sondern hoffte, das Glück zu haben, daß ihr Abenteuer unentdeckt bliebe. Brav hielt sie, das kurze Zeit verlorene Schaf, ihrem Hirten ihren nackten Hintern hin, auf daß er sie gleichsam heimhole in den pfarrhäuslichen Pferch, aus dem, wie sie beteuert hatte, es eigentlich kein Entkommen gab. Du weißt schon ... das hieß auch: Ich würde ja gerne bei dir sein, aber es wird sich kaum ergeben, daß ich nochmals zu dir kommen kann, ohne Mißtrauen zu erwecken. Andreas fürchtete, sein Wunsch, die verlorene Zeit wiederfinden zu können, indem er wieder wurde, was er schon einmal war, könne sich auf unheilvolle Weise erfüllen, indem er abermals eine recht unglückliche Figur in einer ihm wohlbekannten Konstellation machen würde. Nur war die Betrogene diesmal eine ganz und gar selbständige Frau, die zudem mit zunehmendem Alter noch an Attraktivität gewonnen hatte. Sibylle besaß, wie man so sagt, ganz einfach Format. Und je mehr Andreas sie mit Anna verglich, desto unausweichlicher wurde für ihn das Eingeständnis: Sibylle ist in allen Belangen Anna überlegen. - Sähe ich Anna heute zum ersten Mal, ich würde sie übersehen, wie ich sie heute sehe, das geht über die gegenwärtige Wirklichkeit weit hinaus, womit sie mich berührt, ist allein Wirkung der Vergangenheit.- Dies befremdete ihn naturgemäß außerordentlich, weil damit seine Entfremdung von Sibylle unerklärlich und nachgerade unsinnig war. Andreas war dabei, sich in einer sentimentalen Erinnerung zu verirren und damit die Gegenwart zu verlieren, ohne die Vergangenheit wieder zu gewinnen. Aber er dachte nicht daran, dieses Spiel verloren zu geben, er dachte noch nicht einmal an ein Remis, bei dem er Anna gäbe, was Annas ist und Sibylle, was Sibylles ist. Vor allem war er nicht gewillt, Sibylle als die heimliche Siegerin anzuerkennen, was ihn zum Verlierer gestempelt hätte, wo er sich doch als der eigentliche heimliche Sieger wähnte, indem er glaubte, einen Trumpf in der Hinterhand zu haben, von dem Sibylle nichts wußte. Er war unverletzbar, denn wie sich eine der beiden Frauen ihm gegenüber auch verhalten oder gar entscheiden mochte, er hatte ja noch immer die andere. Er genoß die Überlegenheit, die Wahl zu haben. Dabei mußte ihm doch klar sein, daß er seinen vermeintlichen Trumpf nie hätte ausspielen können, ohne damit der Falschspielerei überführt zu werden mit Konsequenzen, die ihn letztlich doch zum Verlierer gemacht haben würden. Wenn Andreas Sibylle schon für eine erstaunliche Frau hielt, so ist es ziemlich erstaunlich, daß er nicht registrierte, wie sehr seine plötzliche Erektionsstörung fiir Sibylle ein recht deutlicher Fingerzeig war, der sie tief verwundete. Im übrigen gibt es immer die sonderbarsten Kanäle, durch die ein getrübtes Wässerchen ans Tageslicht gelangt, um den zu verraten, der so tut, als könne er kein Wässerchen trüben. Sibylle wußte Bescheid. Andreas aber hielt starrsinnig fest an seinem Glauben, wenigstens zwei Optionen zu besitzen, obwohl er sich doch ausrechnen konnte, daß er, indem er Anna unbedingte Priorität einräumte, seine Alternative reduzierte auf eine scheinbare Wahlmöglichkeit, die in Wirklichkeit bedeutete: Anna oder nichts. Welche Zugeständnisse würde er Anna oder Sibylle machen müssen und welche Gegenforderung könnte er dabei erheben? Andreas wähnte sich in einer Verhandlung, bei der er den ehrlichen Makler abgeben könnte, der beide, Anna und Sibylle, zuletzt zu Siegern erklären und zudem selbst den wohlverdienten Gewinn einstreichen könnte. Nein, Verlierer durfte es nicht geben. Aber dann müßte er zuerst einmal von seiner parteiischen Position abrücken. Die ganze Geschichte war verzwickt und bedurfte unbedingt einer Neubewertung. Das aber hieß, Annas Wert in Frage zu stellen. Der Sache war mit Rechenkunststückchen und Verhandlungstricks, mit denen er, Andreas, sich am Ende nur selbst austricksen würde, nicht beizukommen, vor allem deshalb nicht, weil es um eine Liebe ging, die nicht auf einem handfesten Hier und Jetzt gründete, um eine Liebe, die in Wahrheit ein verflossenes Einst war, das er mit sentimentalen Nachempfindungen in ein neues Gefäß mit fester Form zu bannen hoffte. Und dann erkannte Andreas plötzlich, daß es ihm überhaupt nicht darauf ankam, wer von den beiden, Anna oder Sibylle, die attraktivere war, sondern daß er mit Sibylle ganz einfach viel mehr erlebt hatte, sich in ihrer gemeinsamen Zeit viel stärker entwickelt und gewandelt hatte, daß ihm also mit Sibylle ein viel größerer Teil seiner selbst verloren gehen würde, und daß Anna ihn nur deshalb im Augenblick mehr faszinierte, weil er hoffte, für sie mit der Zeit so bedeutsam werden zu können, daß auch mit ihr eines Tages ein ganzes Stück von ihm verloren ginge, wenn ihre Geschichte denn abermals ein Ende haben würde. Wenn er denn von Anna besessen war, dann von der Idee, mit ihrem Besitz zugleich besessen zu werden und mit ihrem Verlust sich selbst zu verlieren. Durch einen anderen Menschen sich seiner selbst verlustig werden zu können, das gab einer Beziehung ihren unbedingten Charakter. Wenn er Anna schon heute wieder verlöre, so wäre dies ein undramatisches Ereignis, eine Episode ohne nachhaltige Wirkung. Im Stillen wünschte er sich die Katastrophe, die eine Beziehung erst einmalig macht. Also mußte er sich ganz auf Anna stürzen, um möglicherweise in eine neuerliche Katastrophe zu stürzen, herab in ein schweres Unglück, das allein von vorausgegangenem Glück zu zeugen vermöchte. Anna - das war die Chance zu einer hohen Bedeutsamkeit, und damit war Anna der Grund, das Hohelied der sinnlichen Liebe noch einmal anzustimmen. Und wie er sich mühte und sprachlich verrenkte, um Reime zu schmieden, mit denen seine heimliche Rechnung aber nicht aufging! Es ist eben gar nicht so einfach, Verse zustande zu bringen, auf die der Adressat sich den erhofften Reim machen soll, wenn diese Verse zu widersprüchlich, zu unrein sind, als daß ihr klarer Sinn einen sauberen Endreim zuließe. Andreas war ein ziemlich feiger Reimeschmied, der sich seiner sprachlichen Ränke bewußt war, die nur seine gekrümmten Empfindungen nachbildeten und also nur die Wirkung haben konnten, Anna ihrerseits auf gekrümmte Pfade zu führen, die zu keinem eindeutigen Ziel führen konnten. Zudem fühlte sich Anna eingepfercht, in ein soziales Netz eingesponnen, in dem keine lose Masche ausfindig zu machen war, die ein unauffälliges Entschlüpfen (und sei es auch nur für einen Tag) ermöglicht hätte. So schrieb sie Andreas belanglose Briefe, die immer wieder mit der Stereotype endeten, die Andreas zuletzt nur noch langweilte: Sei nicht allzu traurig, aber im Augenblick sehe ich keine Möglichkeit, meiner Situation zu entrinnen. So verrann die Zeit, das Frühjahr, der Sommer, der halbe Herbst gingen dahin. Und es kam schließlich der dritte Oktober 1990.

Das Wiedervereinigungsgebot wurde eingelöst, es kam zur Vereinigung. Kein rauschhafter Beischlaf, nur ein nüchterner Beitritt, für viele unrichtig vollzogen und also nicht schön, ein irgendwie einseitiger Vollzug und also kein schönes Lieben, das die beiden Hälften da zusammen führte, die, vordem doch eins, nun seit Jahrzehnten zerschnitten wie ein Butt, so lange vergeblich ihr Gegenstück gesucht hatten, weil sie irgendwie Heilung suchten. Wen preisen, der uns heim führte zum Ureigenen, der uns die hoffnungsvolle Zukunft öffnete? Anna dankte ihrem lieben Gott. Aus ihrer Zonenrandexistenz war sie mit einem Schlag mittendrin. In trauter Zweisamkeit durchradelte sie mit Gabriel, der sich, nachdem sein Lehrauftrag nicht erneuert worden war, was ihm vor allem wegen des Verlustes seiner Studentinnen schmerzte, gegenüber Anna als überaus anhänglich erwies, die neu gewonnenen Lande, die ihnen plötzlich offenstanden. Gabriel nahm sofort Kontakt auf zu den wackeren Amtsbrüdern, denen es mit zu verdanken war, daß mit ihrem beharrlichen "Macht hoch die Tür, die Tor macht weit" immerhin die Ankunft der Brüder und Schwestern in der Bundesrepublik herbei gesungen worden war. Für Gabriel tat sich ein neues Forum auf, und ganz schnell war sein Terminkalender mit Podiumsdiskussionen in der näheren und weiteren östlichen Nachbarschaft verplant. So ging mit der politischen Öffnung für Anna eine ganz private Öffnung einher: Sie brauchte nicht einmal mehr nach einer losen Masche im Draht zu suchen, der ihr häusliches Dasein umspannte, der Weg nach Westen stand ihr sperrangelweit offen, da Gabriel sein Wächteramt in seinem privaten Sperrgebiet gänzlich aufgegeben hatte und mit ihm zugleich die stürmische Anhänglichkeit, die so schnell verflogen war, wie sie gekommen war. So fühlte sich Anna auch emotional nicht mehr länger gebunden, sondern geradezu erlöst, und dementsprechend schrieb sie ohne Umschweif:

Liebster, 30. Oktober 1990

morgen mache ich mich auf den Weg ins älteste der neuen Bundesländer, damit sich Anna wieder mit Dir vereine zum Hosianna.

Liebster! Nicht liebster Andreas oder liebster Freund, nein: Liebster! Und keinerlei Vorbedingungen, keine langwierige Verhandlung, kein Gezerre, keine Skrupel, kein Abwägen, kein Taktieren, keine Verklausulierungen, keine Einschränkungen. Stattdessen ein glatter Durchmarsch, eine halbe Tagesreise und der Anruf in Andreas' Studio: "Ich bin hier. Wann und wo treffen wir uns?" "Zum Einzeltraining? Hier im Studio, morgen um zehn Uhr." Was für eine Verabredung, zum Teufel, war das? Geheimnislos, poesielos, geschäftsmäßig! Einzeltraining im Studio um zehn! Aber was würde es da noch zu trainieren geben? Welche Energien, Kräfte oder Strahlen waren noch zu mobilisieren, um sich selbst und Anna in Wesen zu transformieren, die befreit wären von einem Spiel, das doch jeder spielt, irgendwann mit irgendwem, weil man glaubt, in diesem Spiel Antwort zu erhalten auf die Fragen unseres Anfangs und unseres Endes, als könne die Zweisamkeit uns aus der Einsamkeit unserer Fragwürdigkeit erlösen, und wenn nicht die gerade bestehende Zweisamkeit, dann eine andere. Erst im Miteinander werden wir, erst im Miteinander gewinnen die einsamen Existenzen ihre Essenz, ach ja. - Ich spiele dieses Fragequiz nicht mit, das ein Master mit uns veranstaltet , der nur ein Monster sein kann. Wahrscheinlich hat er das Bumsen für uns nur erfunden, um immer neue Kandidaten für sein absurdes Spiel zu haben. Er lockt uns mit Risikofragen, die wir nie zu beantworten vermögen, und sein Lachen über die verpatzten Antworten klingt ekelhaft gurgelnd wie jener Zonk in einer Quizsendung. Er macht uns glauben, wir hätten die Chance zur richtigen Antwort und könnten uns so das Tor zum Hauptgewinn selbst öffnen. Aber ich wette, hinter jedem Tor lauert nur ein widerlich-höhnischer Zonk wie in dieser billigen Fernseh-Show. Ach, Anna, was soll ich mit dir?

Pünktlich um zehn Uhr schellt es, und Andreas öffnet Anna die Tür zu seinem Studio. Und dann ist es für Andreas doch so, als habe er gerade selbst das Tor zum Hauptgewinn geöffnet. Er schlingt seine Arme um Anna, und ihre Zungen umschlingen einander wie zwei nackte rosige Schnecken, die ihre Begattungsbereitschaft zu ertasten suchen. Während Andreas Annas Bluse aufknöpft, öffnet sie selbst den Bund ihrer Hose und beugt sich vor, um sie über Hüfte und Beine hinunterzuziehen. Andreas folgt ihrer Bewegung, um mit dem Mund in Höhe ihrer Brüste zu bleiben und mit der Zungenspitze abwechselnd ihre linke und rechte Brustwarze zu umkreisen. Und schließlich kniet er vor ihr, und seine Nasenspitze und seine Lippen spüren, daß ihr Schamhaar borstiger geworden ist. - Hier also haben die Köpfchen zweier mir unbekannter Wesen hervorgelugt, hier also womöglich noch Gabriels Same von vorgestern, in den ich gleich eintauchen werde, eine verdammte Hexenküche dieser Schoß. Insprinc haptbandum, invar vigandun! Noch ist es Zeit, den Haftbanden zu entgehen. Ben zi bena! Es hilft nichts, du entkommst nicht dem alten Zauberspruch. Also denn, die Beine umeinander geschlungen! - Da zieht Anna auch schon mit einer heftigen Bewegung am Faden des Tampons und schleudert den blutgetränkten Wattebausch weit ins Zimmer. - Bluot zi bluoda! - Noch zögert Andreas, aber Anna umschließt entschlossen sein Glied und führt es zu ihrem Schoß.

- Lid zi geliden, sose gelimida sin! Also denn, mein Glied zwischen ihre Glieder, hinein, und wenn es darin auch festgeleimt würde! - Oh, sie hatte dazu gelernt! Zwanzig Jahre Lehrzeit mit einem verdammten Lehrmeister, der dem Anfänger Andreas überlegen sein mußte. Ihm hatte sie nie den Rücken zugekehrt, den Kopf zwischen den abstützenden Unterarmen, den Hintern angehoben. Andreas kann sie jetzt betrachten, ohne daß sie bemerkt, wie er sie begutachtet. Auf ihrem linken Oberschenkel breitet sich ein bläuliches Spinngewebe aus, ganz fein und zart zwar, und doch in ihm das Bild alten Mobiliars hervorrufend, das die Zeit selbst eingesponnen hat, zwanzig Jahre, in denen er Anna nicht berührte, in denen sie für ihn scheinbar unverrückt und unberührt in irgendeiner Ecke gestanden haben mußte. Von wegen! Sie führt ihm alle Stellungen vor, in die ihr wahrer Lehrmeister sie zurechtgerückt hat, sich zur Lust. Und dann dringt aus ihr doch nicht ein fremder Lustschrei, sondern das Andreas wohlbekannte Hosianna. Andreas hält still, um Annas Genuß nicht zu stören und die Dauer und Heftigkeit der Nachbeben zu registrieren. - Ich war gut, ich habe ihr bewiesen, daß ich heute ein besserer Helfer bin als damals, der ein Hosianna zu erhören vermag, daß der Ruferin Hören und Sehen vergehen!- Jetzt aber fordert Anna von Andreas den kleinen Tod: "Komm, laß dich gehen und gib dich mir ganz hin!" Andreas wußte Anna als glorreicher Helfer zu gefallen, alle Spannung ist von ihm abgefallen, nun kann er sich wirklich fallen lassen und ganz seinen eigenen Empfindungen hingeben. Er besucht abermals Annas Schoß, und diesmal sucht er ganz bewußt herauszufinden, wie es damals war und was sich womöglich geändert hat. Ihr Schoß ist nicht mehr so eng, er ist kein Eindringling mehr, der sich dann irgendwie gefangen fühlt, es ist jetzt ein wirklicher Empfang, den Anna ihm bereitet, es ist, als ob die samtenen Wände wie auf einer

Bühne fast unmerklich zur Seite führen, um mit dieser offenen Verwandlung den Weg in ein überirdisches Glück freizugeben: O namen-namenlose Freude! Nach unnennbaren Leiden, so übergroße Lust! - Genug, das mag genügen. - Andreas stützt sich mit beiden Händen ab, drückt die Arme durch, hebt sein Gesäß an und zieht auf solch gymnastisch-disziplinierte Weise sein Glied heraus aus der Bahn ins trunkene Glück. "Was ist?" "Dein Gewissen hat schon genug Flecken abbekommen. Wenn du morgen lügen mußt, dann wenigstens mit dem Gefühl, unbefleckt nach Hause zurück-gekehrt zu sein." "Spinnst du? Glaubst du, ich sei mit einem Schuldgefühl zu dir gekommen, glaubst du, ich hätte mich für dich meiner Klamotten entledigt, um mich einer Schuld zu entledigen? Glaubst du, ich sei nicht frei genug, um mich gegenüber meinem Mann schuldlos zu fühlen? Wirklich, du spinnst!" "Halte mich für verrückt, morgen wirst du mir dankbar sein." "Was für eine jämmerliche Inszenierung, was für eine billige Rache!" "Rache wofür? Nein, nicht Rache..." "Weißt du, was du bist? Ein verquerer Verzichtsgenießer!" "Aber du hast es doch gerade gespürt: Es will nicht so recht zusammenwachsen, was nicht zusammen gehört." Schneller als sie sich ausgezogen hatte, ist Anna wieder angezogen. Andreas hält sie nicht auf und nicht zurück. Das hätte schon damals keinen Sinn gemacht. Es war richtig, daß sie fort ging, es ist richtig, daß sie jetzt fort geht. So schreitet unsere Ge-schichte fort, dorthin, wo ich sie endlich aufgehoben sehen will, ins Vergessen...Aber da ist kein Schreiten, sondern ein plötzliches Taumeln, ein Schwindel. Fort nach draußen, nur weg von hier! Entspann' dich, mein Herz, entspann' dich! Mein Gott, du wirst diesen simplen Rhythmus, millionenfach erprobt, doch noch schaffen! Gleichmäßig, im Takt! Was sollen diese verrückten Synkopen! Andreas versucht einen gleichmäßigen Gang, ruhiges Andante, Schritte im Sekunden-

takt, sechzig pro Minute, um so sein Herz zum ruhigen Mit-
gehen zu bewegen. Aber da stolpert es schon wieder, zwingt
mit seinem überlangen Stillstand Andreas zum Stillstehen,
bannt ihn in seine unbotmäßige Pause. Und als es dann doch
weiter schlägt, ganz avantgardistisch, vorauseilend nach
seiner Lust und Laune, vermögen die Beine dem vorgegeben
Takt nicht mehr zu folgen. Andreas steht wie angewurzelt.
Die Beine imitieren den Erdkilometer, den ein Künstler zum
großen Fest der Avantgarde installiert hatte. Kilometertief
scheinen seine Beine hineingetrieben durch die Erdschichten,
durch Mutterboden, Kiesel, Karbonat, Sandstein, gepreßte
Sedimente, verdichtetes Gestein, Erstarrungsgestein...Erstar-
rung. Anna drückt und preßt ihm das Hirn, den Schädel,
quetscht ihm die Brust, die Arme. Die Passanten glotzen ihn
an. - Verdammt, ich bin kein Kunstobjekt, wenn ich mich
auch fühle, als sei ich mit Gipsbinden umwickelte Skulptur
meiner selbst! - Aber er vermag - gleich jenen Figuren, die
reglos stehen, kauern, liegen, als habe sie ein Vulkan mit
seiner weißen Asche bestäubt, erstickt und konserviert - den
neugierigen Blicken, die seine Katastrophe ganz offensichtlich durchschauen, nicht zu entkommen, unfreiwilliges
Kunstobjekt, das aber ein klopfendes Herz hat und beseelter
ist als eine zum Leben erweckte Skulptur des Pygmalion. -
Ich kann doch jetzt niemanden bitten, mich am Arm zu fassen
und nach Hause zu führen. Ich errege schon so genug Aufse-
hen. Abermals verlassen, auf dem Kampfplatz der Liebe als
Verlierer zurückgelassen! Oh, Donna Anna, wie hattest du
einst meine Verführungen genossen! Ich höre dein höhni-
sches Lachen: Der Verführer ist zurück gekrochen in Sibylles
Schoß. Don Juan als Kleinbürger! Don Juan als Versager!
Darum versagen dir die Beine den Dienst. Weil du heim
läufst. Was hast du nach mir gesucht? Um so kläglich umzu-
kehren? Du hast dich für das Laue entschieden, mein Lieber,

und vom Limbus ist es nicht weit zur Hölle. Da hockst du auf dem Büßerbänkchen, weil du schlapp gemacht hast , meinetwegen bis in alle Ewigkeit! - Es dauert eine Ewigkeit, bis der Notarzt erscheint. Andreas, die sprachlose Gliederpuppe, wird von zwei Helfern auf die Trage gehievt. Das Rot ihres Overalls paßt nicht zum Rot der aufgenähten Signets. Schlechtes Corporate-Design. Sibylle würde das sofort bemerken und monieren. Die Gurte werden um ihn geschlungen und festgezurrt, die hinteren Türen des Rettungswagens geöffnet und Andreas hineingeschoben. - Ab ins Schließfach! Ende der Reise. Irgendwann wird man für Sibylle das weiße Leintuch zurückschlagen. Ja, das war mein Lebensabschnittsgefährte. Endlich verstehe ich das Wortungetüm.- Andreas ist völlig angstfrei. Das ist nun die realistische Einübung ins Sterben, keine larmoyante Wichtigtuerei, kein verqueres Kunststück, kein Als ob, das mit Schockwirkungen kokettiert. Die Realität ist ganz untheatralisch, ganz ehrlich, ganz schlicht. - Was soll das Lärmen des Martinshorn? Müssen denn alle Passanten wissen, was mit mir geschieht? Ich brauche nicht mehr die Aufmerksamkeit eines Publikums. Dies hier ist keine Inszenierung, in der ich mich wichtigtuerisch selbst produziere. Dies ist jetzt meine wahre Geschichte für mich ganz allein.